历代笔记小说大观

贾氏谭录
涑水记闻

［宋］张洎 司马光 撰

孔一 王根林 校点

图书在版编目(CIP)数据

贾氏谭录 涑水记闻 /(宋)张洎 司马光撰；
孔一 王根林校点. —上海：上海古籍出版
社，2012.11(2023.8 重印)
(历代笔记小说大观)
ISBN 978-7-5325-6324-1

Ⅰ.①贾… ②涑… Ⅱ.①张… ②司… ③孔… ④王…
Ⅲ.①笔记小说-作品集-中国-宋代 Ⅳ.①I242.1

中国版本图书馆 CIP 数据核字(2012)第 045032 号

历代笔记小说大观

贾氏谭录 涑水记闻

[宋]张洎 司马光 撰

孔一 王根林 校点

上海古籍出版社出版发行

(上海市闵行区号景路 159 弄 1-5 号 A 座 5F 邮政编码 201101)

(1) 网址：www.guji.com.cn

(2) E-mail：guji1@guji.com.cn

(3) 易文网网址：www.ewen.co

常熟文化印刷有限公司印刷

开本 635×965 1/16 印张 10.25 插页 2 字数 140,000

2012 年 11 月第 1 版 2023 年 8 月第 2 次印刷

印数：2,101—3,200

ISBN 978-7-5325-6324-1

I·2478 定价：25.00 元

如有质量问题，请与承印公司联系

总　目

贾 氏 谭 录

［宋］张　洎　撰

孔　一　校点

校 点 说 明

　　《贾氏谭录》一卷，宋张洎（933—996）撰。洎字思黯，改字偕仁，全椒（今属安徽）人。初仕南唐，为刑部郎中、中书舍人；入宋为史馆修撰、翰林学士，淳化中官至参知政事。

　　此书系张洎于庚午岁（开宝三年，970）为南唐出使宋时，对宋左补阙贾黄中言谈所作的记录，故名《贾氏谭录》。其原序谓"公馆多暇，偶成编缀，凡六条"，然所记不止六条，疑有误。而据晁公武《郡斋读书志》称此书"录其家贾黄中所谈三十余事"，今各本收录均远不足此数。惟《四库全书》据《永乐大典》搜辑，参以《说郛》、《类说》，共得二十六条，录存较多，并据《说郛》所录补入原序；钱熙祚以文澜阁《四库全书》本刻入《守山阁丛书》，条目全同而稍加校订。贾黄中出身官宦世家，熟知台阁故事，以张洎实录，得存唐代轶闻，间有足补史书之阙者，如牛李党争启衅于口角之类。

　　现以《守山阁丛书》本为底本，校以文渊阁《四库全书》本，并以有关史料参校。失当之处，敬祈读者指正。

原　　序

　　庚午岁，予衔命宋都，舍于怀信驿。左补阙贾黄中，丞相魏公之裔也，好古博学，善于谈论，每款接，常益所闻。公馆多暇，偶成编缀，凡六条，号曰《贾氏谭录》，贻诸好事者云尔。案此条《说郛》所载，谨增入。

贾氏谭录

兴庆宫九龙池，在大同殿故台之南，西对瀛洲门。周环数顷，水深广，南北望之渺然，东西微狭。中有龙潭，泉源不竭，虽历冬夏，未尝减耗。池四岸环植佳木，垂柳先之，槐次之，榆又次之。兵革已来，多被百姓斫伐，今所存者，犹有列行焉。

骊山华清宫毁废已久，今所存者，唯缭垣而已。天宝所植松柏，遍满岩谷，望之郁然，虽经兵寇而不被斫伐。朝元阁在北山岭之上，基址最为崭绝。前次南即长生殿故基，东南汤泉凡一十八所，第一所是御汤，周环数丈，悉砌以白石，莹澈如玉，面皆隐起鱼龙花鸟之状，千形万品，不可殚记。四面石座，阶级而下，中有双白石莲，泉眼自瓮口中涌出，喷注白莲之上。御汤西南角即妃子汤，汤面稍狭，汤侧有红石盆四所，作菡萏于白石之面。余汤迤逦相属，下凿石作暗窦透水。出东南数十步，复立石表，水自石表出，灌注石盆中。贾君云："此是后人置也。"

滑台城，北枕河堤，里民常有昏垫之患。贞元中，丞相贾公始凿八角井于城隅道旁，以镇河水。自是郡邑无复漂溺之祸。咸通中，刺史李橦具以事闻奏，仍立魏公祠堂于河堤之上，命从事韦岫纪事迹于碑石。

白傅葬龙门山，河南尹卢真刻《醉吟先生传》立于墓侧，至今犹存。洛阳士庶及四方游人过其墓者，必奠以卮酒，故冢前方丈之土常成泥泞。案此条《说郛》所载，谨增入。

白傅，大中末曾有谏官献疏请赐谥。上曰："何不取醉吟先生墓表耶？"卒不赐谥。弟敏中在相位，奏立神道碑，其文即李义山之词也。案《说郛》亦载此条，与此略异，云敏中曾任谏官，献疏请叔谥。《新唐书》但云敏中为相，始请谥曰文。《北梦琐言》亦同。存之以备参考。

李邺侯为相日，吴人顾况西游长安，邺侯一见如故，待以殊礼。邺侯卒，况作《白鸟诗》以寄怀曰："万里飞来为客鸟，曾蒙丹凤借枝柯。一朝凤去梧桐死，满目鸱鸢奈尔何。"大为权贵所嫉，贬饶州司户。

牛奇章初与李卫公相善，尝因饮会，僧孺戏曰："绮纨子何预斯坐？"卫公衔之。后卫公再居相位，僧孺卒遭谴逐。世传《周秦行纪》非僧孺所作，是德裕门人韦瓘所撰。开成中，曾为宪司所覆。文宗览之，笑曰："此必假名。僧孺是贞元中进士，岂敢呼德宗为沈婆儿也。"事遂寝。

李赞皇初掌北门奏记，有相者谓公他日位极人臣，但厄在白马耳。及登相位，虽亲族亦未尝有畜白马者。会昌初，再入庙堂，专持国柄，平上党，破回鹘，立功殊异，策拜太尉，封卫国公。然性多忌刻，当途之士有不协者，必遭谴逐。翰林学士白敏中大惧，遂调。给事中韦弘景上言，相府不合兼领三司钱谷，专政太甚。武宗由是疑之。及宣宗即位，出德裕为荆南节度使，旋属淮海。李绅有吴汝纳之狱，上命刑部侍郎马植专鞫其事，尽得德裕党庇之恶，由是坐罪，窜南海，殁而不返。厄在白马，其信乎！案此条《说郛》所载，谨增入。

王铎既解诸道都统，乞归河北养疾，肩舆就路，妓女数百人拥从前后，观者骇目。道出镇州，主帅迎接甚谨。初，铎之入朝也，李山甫方为镇州从事，劝主帅劫取之，王氏遂亡其族。

刘蒉精于儒术。读《文中子》，忿而言曰："才非殆庶，拟上圣述作，不亦过乎？"客或问曰："《文中子》于六籍何如？"蒉曰："若人望人，《文中子》于六籍，犹奴婢之于郎主尔！"后遂以《文中子》为"六籍奴婢"。

贡院所司呼延氏，自举场已来，世掌其职，迄今不绝。此亦异事。贾君常问："放举人榜右语及贡院字用淡墨毡书，何也？"对曰："闻诸祖公说，李纾侍郎将放举人，命笔吏勒纸书，未及填右语贡院字，吏得疾暴卒。礼部令史王昶者亦善书，李侍郎召令终其事，适值王昶被酒已醉，昏夜之中，半酣染笔，不能加墨。迨明悬榜，方始觉悟，则修改无及矣。然一榜之内，字有二体，浓淡相间，反致其妍。自后，榜因模法之，遂成故事。今用毡书，益增奇丽耳。"

中土士人不工札翰，多为院体。院体者，贞元中，翰林学士吴通微尝工行草,然体近隶,故院中胥徒尤所仿,其书大行于世,故遗法迄今不泯。然其鄙则又甚矣。案此条《说郛》所载,谨增人。

京兆户民尚斗鸡走犬之戏,习以为业,罕有勤稼者。盖豪荡之俗,犹存余态尔。

贾君云,僖、昭之时,长安士族多避寇南山中,虽拊经离乱,而兵难不及,故今衣冠子孙居鄠杜间,室庐相比。案此条《说郛》所载,谨增人。

予问贾君:"中土人每日火面而食,然不致壅热之患,何也?"贾君曰:"夹河风性寒,故民多伤风,河洛东地咸水性冷,故民虽哺粟食麦而无热疾。"又曰:"滑台风水性寒冷尤甚,士民共啖附子如啖芋栗。"案此条《说郛》所载,谨增人。

华岳金天王庙玄宗御制碑,广明中,其石忽自鸣。明年,巢寇犯阙,其庙亦为贼火所爇。

司空图侍郎,旧隐三峰。天祐末,移居中条山王官谷。其谷周回十余里,泉石之美,冠于此山。北岩之上,有瀑水流注谷中,溉良田数顷。至今为司空氏之庄宅,子孙犹存。

李德裕平泉庄,怪石名品甚众,各为洛阳城有力者取去。唯礼星石,其石纵广一丈,长丈余,有文理成斗极象。狮子石,石高三四尺,孔窍千万,递相通贯,其状如狮子,首尾眼鼻皆具。为陶学士徙置梁园别墅。

李德裕平泉庄,台榭百余所,天下奇花、异草、珍松、怪石,靡不毕具。自制《平泉花木记》。今悉以绝矣,唯雁翅桧、叶婆娑如鸿雁之翅。珠子柏、柏实皆如珠子联生叶上。莲房、玉蕊等犹有存者。怪石为洛阳有力者取去。石上皆刻"有道"二字。案怪石以下十八字,原本误脱。谨据曾慥《类说》增人。

襃斜山谷中有虞美人草,状如鸡冠,大而无花,叶相对。行路人见者,或唱《虞美人》,则两叶渐摇动如人抚掌之状,颇应节也。或唱他辞,即寂然不动也。贾君亲见之。案此条《说郛》所载,谨增人。

绛县人善制澄泥砚,缝绢囊致汾水中,逾年而后取,沙泥之细者已实囊矣。陶为砚,水不涸焉。

含元殿前龙尾道,诘屈七转,由丹凤北望,宛如龙尾下垂。案以下五条,宋曾慥《类说》所载,谨增人。

李赞皇平上党，破回鹘，自矜其功，平泉庄置构思亭、伐叛亭。

文中子，隋末隐白牛溪。北面学者，国初多居佐命之列。刘禹锡盛称王通能明王道，以大中立言，游其门者皆天下俊杰。士夫拟议及诸史笔，未有言及文中子者。

李汧公勉百纳琴，制度甚古，其音清越无比。

华岳掌，其石如人肉色，每太阳对照则见之，日暮则渐隐不见。

涑水记闻

［宋］司马光　撰

王根林　校点

校 点 说 明

《涑水记闻》十六卷,宋司马光撰。司马光(1019—1086),字君实,北宋陕州夏县涑水乡人,宋代重要的政治家和著名的历史学家、文学家。宝元元年进士,历仕仁宗、英宗、神宗三朝,官至宰相。谥文正,追封温国公。所编《资治通鉴》二百九十四卷,是我国重要的编年体通史。另有《传家集》、《稽古录》、《切韵指掌图》等作。

本书是一部重要的史料笔记,主要记宋太祖至神宗几朝的军政大事、朝典政章。司马光所编《资治通鉴》,止于北宋建国前,于是作者打算再写一部《资治通鉴后纪》,以记载自北宋开国至作者当代这一段历史。《涑水记闻》就是为撰写《后纪》作资料准备的史料汇集。作者治学严谨,因而本书具有较高的史料价值,向为研治宋史的学者所重视。

《涑水记闻》的版本,以卷数分,有两卷本、十六卷本和八卷本三个系统。20世纪前半世纪,著名学者缪荃孙、傅增湘、夏敬观等曾对该书作了许多校勘整理工作;1989年,邓广铭、张希清二先生又出版了经过精心整理的新式标点本。本书以商务印书馆夏敬观所校十六卷本为底本进行标点,而校以其他诸本及李焘《续资治通鉴长编》和有关类书,凡底本有误,则据他本、他书径改,不出校记。

目　　录

卷一

　　建隆元年正月辛丑朔，镇、定奏契丹与北汉合势入寇，太祖时为归德军节度使、殿前都点检，受周恭帝诏，将宿卫诸军御之。癸卯，发师宿陈桥。将士阴相与谋曰："主上幼弱，未能亲政。今我辈出死力为国家破贼，谁则知之？不若先立点检为天子，然后北征未晚也。"甲辰，将士皆擐甲执兵仗，集于驿门，欢噪突入驿中。太祖尚未起，太宗时为内殿祗候供奉官都知，入白太祖。太祖惊起，出视之。诸将露刃罗立于庭，曰："诸军无主，愿奉太尉为天子。"太祖未及答，或以黄袍加太祖之身，众皆拜于庭下，大呼称万岁，声闻数里。太祖固拒之。众不听，扶太祖上马，拥逼南行。太祖度不能免，乃系辔驻马，谓将士曰："汝辈自贪富贵，强立我为天子。能从我命则可，不然，我不能为若主也。"众皆下马听命。太祖曰："主上及太后，我平日北面事之，公卿大臣，皆我比肩之人也，汝曹今日毋得辄加不逞。近世帝王初举兵入京城，皆纵兵大掠，谓之'夯市'，汝曹今毋得夯市及犯府库。事定之日，当厚赉汝。不然，当诛汝。如此可乎？"众皆曰："诺。"乃整饬队伍而行。入自仁和门，市里皆安堵，无所惊扰，不终日，而帝业成焉。
　　明道二年，先公为利州路转运使，光侍食于蜀道驿中。先公为光言太祖不夯市事，且曰："国家所以能混一海内，福祚延长，内外无患，由太祖以仁义得之故也。"
　　天平军节度使，同平章事、侍卫亲军马步军副都指挥使韩通为京城巡检，刚愎无谋，时人谓之"韩瞠眼"。其子少，病伛，号"韩橐驼"，颇有智略。以太祖得人望，尝劝通为不利，通不以为意。及太祖勒兵入城，通方在内阁，闻变，遑遽奔归。军士王彦昇遇之于路，跃马逐之，及于其第，第门不及掩，遂杀之，并其妻子。太祖以彦昇专杀，甚怒，欲斩之，以受命之初，故不忍，然终身废之不用。太祖即位，赠通中书令，以礼葬之。自韩氏之外，不戮一人，而得天下。
　　周恭帝之世，有右拾遗、直史馆郑起上宰相范质书，言太祖得众心，不宜使典禁兵，质不听。及太祖入城，诸将奉登明德门，太祖命将士皆释甲还营,太祖亦归公署,释黄袍。俄而将士拥质及宰相王溥、魏仁浦等皆至。太祖呜咽流涕曰:"吾受世宗厚恩,今为六军所逼,一旦至此,惭负天地,将若之何?"质等未及对,军校罗彦瓌按剑厉声曰:"我辈无主,今日必得天子!"太祖叱之,不退。质颇诮让太祖,且不肯拜,王溥先拜,质不得已从之,且称"万岁",请诣崇元殿,召百官就列。周帝内出制书,禅位,太祖就龙墀北面再拜命。宰相扶太祖登殿,易服于东序,还即帝位,群臣朝贺。及太祖即位,先命溥致仕,盖薄其为人也。尝称质之贤,曰:"惜也,但欠世宗一死耳。"郑毅夫云。

太祖将受禅,未有禅文,翰林学士承旨陶穀在旁,出诸怀中进之,而曰:"已成矣。"太祖由是薄其为人。

周恭帝幼冲,军政多决于韩通,通愚憨,太祖英武有度量,多智略,屡立战功,由是将士皆爱服归心焉。及将北征,京师间喧言:"出军之日,当立点检为天子。"富室或挈家逃匿于外州,独宫中不之知。太祖惧,密以告家人曰:"外间汹汹若此,将如之何?"太祖姊或云即魏氏长公主。面如铁色,方在厨,引面杖逐太祖击之,曰:"丈夫临大事,可否当自决胸怀,乃来家间恐怖妇女何为耶?"太祖默然而出。王衍粹云。

太祖之自陈桥还也,太夫人杜氏、夫人王氏方设斋于定力院。闻变,王夫人惧,杜太夫人曰:"吾儿平生奇异,人皆言当极贵,何忧也!"言笑自若。太祖即位,是月,契丹、北汉皆自还。

太祖初即位,亟出微行,或谏曰:"陛下得天下,人心未安,今数轻出,万一有不虞之变,其可悔乎?"上笑曰:"帝王之兴,自有天命,求之亦不能得,拒之亦不能止。万一有不虞之变,其可免乎?周世宗见诸将方面大耳者皆杀之,然我终日侍侧,不能害我。若应为天下主,谁能图之?不应为天下主,虽闭户深居,何益也。"由是微行愈数,曰:"有天命者,任自为之,我不汝禁也。"于是众心俱服,中外大安。《诗》称武王之德曰:"上帝临女,无贰尔心。"又曰:"无贰无虞,上帝临女。"汉高祖骂医曰:"命乃在天,虽扁鹊何益?"乃知聪明之主,生知之性如合符矣。此亦得之先公云。

太祖尝见小黄门有损画壁者,怒曰:"竖子可斩也!此乃天子廨舍,汝岂得败之耶!"始平公云。

太祖将亲征,军校有献手树者,上曰:"此何以异于常树而献之?"军校密言曰:"陛下试引树首视之,树首即剑柄也。有刃韬于中,平居可以为杖,缓急以备不虞。"上笑,投之于地曰:"使我亲用此物,事将何如? 当是时,此物固足恃乎?"魏舜卿云。

太祖尝罢朝坐便殿不乐者久之,内侍行首王继恩请其故,上曰:"尔谓天子为容易耶? 早来吾乘快指挥一事而误,故不乐耳。"孔子称:"如知为君之难也,不几乎一言而兴邦乎?"太祖有焉。

太祖平蜀,孟昶宫中物有宝装溺器,遽命碎之,曰:"自奉如此,欲求无亡,得乎?"见诸侯大臣侈靡之物,皆遣焚之。太祖初即位,颇好畋猎,坠马,怒,自拔佩刀刺马杀之。既而叹曰:"我耽逸乐,乘危走险,自取颠困,马何罪焉?"自是遂不复猎。

开宝元年,群臣请上太祖尊号,曰:应天广运一统太平圣神文武明道至德仁孝皇帝。上曰:"幽燕未定,何谓一统?"遂却其奏。

太祖尝谓左右曰:"朕每因宴会,乘欢至醉,经宿未尝不自悔也。"

太祖亲征泽、潞,中书舍人赵逢惮涉山险,称坠马伤足,止于怀州。及师还,当草制,复称疾,上怒,谓宰相曰:"逢人臣,乃敢如此!"遂贬房州司户。

太祖遣曹彬伐江南,临行,谓之曰:"克之还,必以使相为赏。"彬平江南而还,上曰:"今方隅未平者尚多,汝为使相,品位极矣,岂肯复力战耶? 且徐之,更为我取太原。"因密赐钱五十万。彬怏怏而退,至家,见布钱满室,乃叹曰:"好官亦不过多得钱耳,何必使相也。"太祖重惜爵位,不肯妄与人如此。孔子称:"惟器与名,不可以假人。君之所司也。"

太祖尝弹雀于后园,有群臣称有急事,请见太祖,亟见之,其所奏乃常事耳。上怒,诘其故。对曰:"臣以为尚急于弹雀。"上愈怒,举柱斧柄撞其口,堕两齿,其人徐俯拾齿,置怀中。上骂曰:"汝怀齿欲讼我耶?"对曰:"臣不能讼陛下,自当有史官书之。"上悦,赐金帛慰劳之。

太祖幸西京,将徙都,群臣不欲留。时节度使李怀忠乘间谏曰:"东京有汴渠之漕,坐致江淮之粟四五千万,以赡百万之军,陛下居此,将安取之? 军府重兵皆在东京,陛下谁与此处乎?"上乃还。右皆出石介《三朝圣政录》。

潞州节度使李筠谋反,其长子涕泣切谏,不听,使其长子入朝,且诇朝廷动静。太祖迎谓曰:"太子,汝何故来?"其子以头击地,曰:"此何言? 必有谗人构臣父耳。"上曰:"吾亦闻汝数谏诤,老贼不汝听耳。汝父使汝来者,不复顾惜,使吾杀之耳。吾今杀汝何为? 汝归语汝父,我未为天子时,任自为之;我既为天子,汝独不能少让之耶?"其子归,具以白筠。筠欲谋反,有僧素为人所信向,筠乃召见,密谓之曰:"吾军府用不足,欲借师之名以足之。吾为师作维那,教化钱粮各三十万,且寄我仓库,事毕之日中分之。"僧许诺,乃令僧积薪坐其上,克日自焚。筠为穿地道于其下,令通府中,曰:"至日走归府中耳。"筠乃与夫人先往,倾家财尽施之。于是远近争以钱粮馈之,四方辐辏,仓库不能容。旬日六十万俱足。筠乃塞地道,焚僧杀之,尽取其钱粮,遂反。引军出泽州。车驾自往征之,山路险狭多石,不可行。上自于马上抱数石,群臣、六军皆负石,即日开成大道。筠战败于境上,走入泽州。围而克之,斩筠,屠泽州。进至潞州,其子开城降,遂赦之。阎士良云。

太祖初登极时,杜太后尚康宁,尝与上议军国事,犹呼赵普为书记,尝抚劳之曰:"赵书记且为尽心,吾儿未更事也。"太祖宠待赵韩王如左右手。御史中丞雷德骧劾奏赵普擅市人第宅,聚敛财贿。上怒,叱曰:"鼎铛尚有耳,汝不闻赵普吾之社稷臣乎?"命左右曳于庭数匝,徐使复冠,召升殿,曰:"今后不宜尔,且赦汝,勿令外人知也。"

昭宪太后聪明有智度,尝与太祖参决大政。及疾笃,太祖侍药饵不离左右。太后曰:"汝自知所以得天下乎?"太祖曰:"此皆祖考与太后之余庆也。"太后笑曰:"不然。正由柴氏使幼儿主天下耳。"因敕戒太祖曰:"汝万岁后,当以次传之二弟,则并汝之子亦获安矣。"太祖顿首泣曰:"敢不如母教!"太后因诏赵普于榻前,约为誓书,普于纸尾自署名云:"臣普书。"藏之金匮,命谨密宫人掌之。太宗即位,赵普为卢多逊所谮,出为河阳,日夕忧不测。上一日发金匮,得书,大悟,遂遣使急召之,普惶恐,为遗书与家人别而后行。既至,复为相。

　　赵普尝欲除某人为某官，不合太祖意，不用，明日，普复奏之，又不用。明日，又奏之，太祖怒，取其奏坏裂投地，普颜色自若，徐拾奏归，补缀，明日，复进之。上乃悟，用之。其后果称职，得其力。

　　太祖时，尝有群臣立功，当迁官。上素嫌其人，不与，赵普坚以为请。上怒曰："朕固不为迁官，将若何？"普曰："刑以惩恶，赏以酬功，古今之通道也。刑与赏者，天下之刑赏，非陛下之刑赏也，岂得以喜怒专之？"上怒甚，起，普亦随之。上入宫，普立宫门，久之不去。上悟，乃可其奏。右皆赵兴宗云。

　　太祖既得天下，诛李筠、李重进，召普问曰："天下自唐季以来，数十年间，帝王凡易十姓，兵革不息，苍生涂地，其故何也？吾欲息天下之兵，为国家建长久之计，其道何如？"普曰："陛下之言及此，天地神人之福也。唐季以来，战斗不息，国家不安者，其故非他，节镇太重，君弱臣强而已矣。今所以治之，无他奇巧也，惟稍夺其权，制其钱谷，收其精兵，天下自安矣。"语未毕，上曰："卿勿复言，吾已喻矣。"顷之，上因晚朝，与故人石守信、王审琦等饮酒，酒酣，上屏左右，谓曰："我非尔曹之力不得至此，念尔之德无有穷已。然为天子亦大艰难，殊不若为郡节度使之乐。吾今终夕未尝敢安寝而卧也。"守信等皆曰："何故？"上曰："是不难知。居此位者，谁不欲为之？"守信等皆顿首曰："陛下何为出此言？今天命已定，谁敢复有异心？"上曰："不然。汝曹无心，其如汝麾下之人欲富贵者何！一旦以黄袍加汝之身，汝虽欲不为，不可得也。"皆顿首涕泣曰："臣等愚不及此，惟陛下哀怜，指示以可生之途。"上曰："人生如白驹之过隙，所以好富贵者，不过多积金银，厚自娱乐，使子孙无贫乏耳。汝曹何不释去兵权，择便好田宅市之，为子孙立永久之业。多置歌儿舞女，日饮酒相欢，以终其天年。君臣之间，两无猜嫌，上下相安，不亦善乎！"皆再拜谢曰："陛下念臣等及此，所谓生死而肉骨也。"明日，皆称疾，请解军权，上许之，皆以散官就第，所以慰抚赐赉之者甚厚，与结婚姻，更度易制者，使主亲军。其后，又置转运使、通判，主诸道钱谷，收选天下精兵以备宿卫，而诸功臣亦以善终，子孙富贵，迄今不绝。向非赵韩王谋虑深长，太祖果断，天下何以治平？至今斑白之老不睹干戈，圣贤之见何其远哉！普为人阴刻，当时以睚眦中伤人甚多，然其子孙至今享福禄，国初大臣鲜能及者。得非安天下之谋，其功大耶？始平公云。

太祖既纳韩王之谋，数遣使者分诣诸道，选择精兵。凡其才力技艺有过人者，皆收补禁军，聚之京师，以备宿卫。厚其赐粮，居常躬自按阅训练，皆一以当百。诸镇皆自知兵力精锐非京师之敌，莫敢有异心者，由我太祖能强干弱枝，致治于未乱故也。始平公云。

太祖征河东，围太原，久之不拔，宿卫之士皆奋自告曰："蕞尔小城而久不拔者，士不致力故也。臣等请自往力攻，必取之。"固止之曰："吾蒐简训练汝曹，比至于成，心力尽矣。汝曹悉皆天下精兵之髓，实吾之股肱牙爪，吾宁不得太原，岂可糜灭汝曹于此城之下哉！"遂引兵而还。军士闻之，无不感激，往往有出涕者。

初，梁太祖因宣武府署修之为建昌宫，晋改命曰大宁宫，周世宗复加营缮，犹未尽如王者之制。太祖始命改营之，一如洛阳宫之制。既成，太祖坐正殿，令洞开诸门直望之，谓左右曰："此如我心，小有邪曲，人皆见之。"

太祖征李筠，河东遣其宰相卫融将兵助筠，融兵败，生获之。上面责其助乱，因谓："朕今赦汝，汝能为我用乎？"对曰："臣家四十口皆受刘氏温衣饱食，何忍负之！陛下虽不杀臣，臣终不为陛下用。得间则走河东耳。"上怒，命以铁树树其首，曳出。融曰："人谁不死，死君事，臣之福也！"上曰："忠臣也！"召之于御座前，傅以良药，赐袭衣、金带及鞍勒，拜太府卿。

王师平江南，徐铉从李煜入，太祖责之，以其不早劝李煜降也。铉曰："臣在江南，备位大臣，国亡不能止，罪当死，尚何所言！"上悦，抚之曰："卿诚忠臣，事我当如事李氏也。"

太祖闻国子监集诸生讲书，甚喜，遣使赐之酒果，曰："今之武臣，亦当使其读经书，欲其知为治之道也。"

太祖聪明豁达，知人善任使，擢用英俊，不问资级。察内外官有一材一行可取者，密为籍记之。每一官缺，则披籍选用焉。是以下无遗材，人思自效。右皆出《三朝训鉴图》。

太祖微时，与董遵诲有隙，及即位，召而用之，使守通远军。通远军，今环州是也。其母因乱没胡中，上因契丹厚以金帛赎而与之，遵诲涕泣，憾无死所。党项羌掠回鹘贡物，遵诲寄声诮让之，羌惧，即遣使谢，归其所掠。

太祖使郭进守西土，每遣戍卒，上辄戒曰："有罪，我尚能赦汝，郭进杀汝矣，不可犯也。"有部下军校告其谋反者，上诘问其故，军校辞穷，服曰："进御下严，臣不胜忿怨，故诬之耳。"上命执以与进，令自诛之。进释不问，使御河东寇，曰："汝有功则我奏迁汝官，败则降河东，勿复来也。"军校往死战，果立功而还。

张永德，周祖之婿也。为邓州节度使，有军士告其谋反，太祖械送之，永德笞之十下而已。右皆始平公云。

张美为沧州节度使，民有上书告美强取其女为妾，及受取民财四千缗。太祖召上书者，谕之曰："汝沧州，昔张美未来时，民间安否？"对曰："不安。"曰："既来，则何如？"对曰："既来，则无复兵寇。"帝曰："然则张美全活沧州百姓之命，其赐大矣。虽娶汝女，汝安得怨？今汝欲贬此人，杀此人，吾何爱焉，但爱汝沧州之人耳。吾今戒敕美，美宜不复敢。汝女值钱几何？"对曰："值钱五百缗。"帝即命官给美所取民钱，并其女直，而遣之。乃召美母，告以美所为。母叩头谢罪曰："妾在阙下，不知也。"乃赐其母钱万缗，令遗美曰："语汝儿，汝欲钱，当从我求，无为取于民也。善遇民女，岁时赠遗其家，数慰抚之。"美惶恐，折节为廉谨。顷之，以政绩闻。美在沧州十年，故世谓之沧州张氏。庞安道云。

周渭，连州人。湖南与广南战，渭为广南所虏，其妻莫氏并二子留在家。渭在广南有官禄矣。太祖平广南，得渭，喜，以为平广南得一人耳。后以为侍御史、广南转运使。渭久已改娶，使人访其故妻，先与之别二十七年矣。妻固不嫁，育二子，皆长。渭欲复迎之，妻曰："君既有室，我不可复往。且吾有妇孙，居此久，不可去。"渭为具奏，诏特爵为县君，并其二子，渭皆为奏官。张公锡云。

周渭为白马县主簿，大吏有罪，渭辄治之。太祖奇其材，擢为赞善大夫。后通判兴州事，有外寨军校纵其士卒暴犯居民，渭往责而斩之，众莫敢动。上闻，益壮之，诏褒称焉。出《圣政录》。

王明为鄾陵县令，公廉爱民。是时天下新定，法禁尚宽，吏多受民赂遗，岁时皆有常数，民亦习之，不知其非。明为鄾陵令，民以故事，有所献馈。明曰："令不用钱，可人致数束薪刍水际，令欲得之。"民不喻其意。数日，积薪刍至数十万，明取以筑堤道，明年无水患。太祖闻之，即擢明知广州。

君倚曰：太祖初晏驾，时已四鼓，孝章宋后使内侍都知王继隆召秦王德芳，继隆以太祖传位晋王之志素定，乃不召德芳，而以亲事一人径趋开封府召晋王。见医官贾德玄坐于府门，问其故，德玄曰："去夜二鼓，有呼我门者，曰：晋王召。出视，则无人。如是者三。吾恐晋王有疾，故来。"继隆异之，乃告以故。叩门，与之俱入见王，且召之。王大惊，犹豫不敢行，曰："吾当与家人议之。"入久不出，继隆趣之，曰："事久将为他人有。"遂与王雪中步行至宫门，呼而入。继隆使王且止其直庐，曰："王且待于此，继隆当先入言之。"德玄曰："便应直前，何待之有？"遂与俱进。至寝殿，宋后闻继隆至，问曰："德芳来耶？"继隆曰："晋王至矣。"后见王愕然，遽呼"官家"，曰："吾母子之命，皆托官家。"王泣曰："共保富贵，无忧也。"德玄后为班行，性贪，故官不甚达，然太宗亦优容之。

太祖时，宫人不满三百人，犹以为多，因久雨不止，故又出其数十人。

太祖尝曰："贵家子弟惟知饮酒弹琵琶耳，安知民间疾苦！"由是诏："凡以资荫出身者，皆先使之监当场务，未得亲民。"

太祖尝谓秦王侍讲曰："帝王之子，当务读经书，知治乱之大体，不必学做文章，无所用也。"

太祖性节俭，寝殿设布缘帏帘，常出麻屦布衫，以示左右曰："此吾故时所服也。"右出《圣政录》。

太祖欲使符彦卿典兵，赵韩王屡谏，以为彦卿名位已盛，不可复委以兵柄，上不听。宣敕已出，韩王复怀之请见，上迎谓之曰："岂非以符彦卿事耶？"对曰："非也。"因别奏事，罢，乃出彦卿宣进。上曰："果然。宣何以复在卿所？"韩王曰："臣托以处分之语未备者，复留之，惟陛下深思利害，勿为后患。"上曰："卿苦彦卿，何也？朕待彦

卿至厚，彦卿岂能负朕也？"韩王曰："陛下何以负周世宗？"上默然，遂中止。_{蓝元震云。}

太祖事世宗于澶州，曹彬为世宗亲吏，掌茶酒。太祖尝从求酒，彬曰："此官酒，不敢相与。"自沽酒以饮太祖。太祖即位，常话及世宗旧吏，曰："不敢负其主者，独曹彬耳。"由是委以腹心，使监征蜀之军。_{尧夫云。}

太祖时，宋白知举，_{疑为陶縠。}多受金银，取舍不公，恐榜出群议沸腾，乃先具姓名以白上，欲托上旨以自重。上怒曰："吾委汝知举，取舍汝当自决，何为白我？我安能知其可否？若榜出别致人言，当斫汝头以谢众！"白大惧，而悉改其榜，使协公议而出之。

卷二

　　吕蒙正相公不喜记人过。初参知政事,入朝堂,有朝士于帘内指之曰:"是小子亦参政耶?"蒙正佯为不闻而过之。其同列怒之,令诘其官位姓名,蒙正遽止之。罢朝,同列犹不能平,悔不穷问,蒙正曰:"一知其姓名,则终身不能复忘,固不如无知也。且不问之何损?"时皆服其量。

　　太宗末,关中群盗有马四十匹,常有怨于富平人,志必屠之,驱略农人,使荷畚锸随之,曰:"吾克富平,必夷其城郭。"富平人恐,群诣荆姚见同州巡检侯舍人告急。舍人素有威名,率众伏于邑北,群盗闻之,舍富平不攻而去。舍人引兵于邑西邀之,令士皆傅弩,戒勿妄发,曰:"贼皆有甲,不可射。射其马,马无具装,又劫掠所得,非素习战也,射之必将惊溃。"既而合战,众弩俱发,贼马果惊跃散走,纵兵击之,俘斩殆尽。余党散入他州,巡检获之,自以为功,送诣州邑。盗固称:"我非此巡检所获,乃侯舍人所获也。"巡检怒,自诣狱责之曰:"尔非我所获而何?"盗曰:"我昔与君遇于某地,君是时何不擒我耶?我又与君遇于某地,君是时弃兵而走,何不擒我耶?我为舍人所破,狼狈失据,为君所得,此所谓败军之卒,举鼎可扑,岂君智力所能独办耶?"巡检惭而退。

　　至道中,国家征夏虏,调发陕西刍粟随军至灵武,陕西骚动,民皆逃匿,赋役不肯供给。有诏:"督运者皆得便宜从事,不牵常法。"吏治率皆峻急,而京兆府通判水部员外郎杨谭、大理寺丞林特尤甚。长安人歌之曰:"杨谭见手先教锁,林特逢头便索枷。"长安多大豪及有荫户,尤不可号令。有见任知某州妻清河县君者,不肯运粮,谭锁而杖之,于是莫敢不趋令。谭、特令民每驴负若干,每人担若干,仍赏粮若干,官为封之,须出塞乃听食,怨嗟之声满道。既而京兆最为先办,民无逃弃者。诸州皆稽留不能,比事毕,人畜死者十八九。由是人始复称之。二人以是得显官,谭终谏议大夫,特至尚书、三司使。

　　李顺作乱于蜀,诏以参知政事赵昌言监护诸将讨之。至凤州,是时寇准知州事,密上言:"赵昌言素有重名,又无子息,不可征蜀,授以利柄。"太宗得疏大惊,曰:"朝廷皆无忠臣,言莫及此。赖有寇准忧国家耳。"乃诏昌言行所至即止,专以军事付王绍宣,罢知政事,以工部侍郎知凤翔府,召寇准参知政事。昌言自凤翔历秦、陕、永兴三州,入为御史中丞。真宗咸平五年,翰林学士王钦若、直馆洪湛知贡举。京师豪族有奏名至及第者,既而其家分居争财,出其钱簿,有若干贯遗知举洪学士。上怒,下御史台穷治,连及王钦若,亦有所受。是时钦若被眷遇,上大怒,以为昌言操意巇险,诬陷大臣,昌言自户部尚书兼御史中丞贬安州司马。自是不获省录十余年,更屡赦,量移放还。至祥符中,乃复叙为户部侍郎。西祀恩,迁吏部侍郎卒。

　　李顺反,太宗命参知政事赵昌言为元帅。昌言为人辩智,于上前指画破贼之策,上悦之,恩遇甚厚。既行,时有峨眉山僧茂贞以术得幸,谓上曰:"昌言折颊,貌有反相,不宜委以蜀事。"上悔之,遽遣使者追止其行,以兵付诸将,留少兵,令昌言驻凤州为后援。事平,罢参知政事,知凤翔府。王原叔云。

　　钱若水为同州推官,知州某性褊急,数以胸臆决事,不当。若水固争不能得,辄曰:"当陪奉赎铜耳。"既而果为朝廷及上司所驳,州官皆以赎论。知州愧谢,已而复然。前后如此数矣。有富民家小女奴逃亡,不知所之,奴父母讼于州,命录事参军鞠之。录事尝贷钱于富民,不获,乃劾富民父子数人共杀女奴,弃尸水中,遂失其尸。或为元谋,或从而加功,罪皆应死。富民不胜棰楚,自诬服。具上,州官审覆,无反异,皆以为得矣。若水独疑之,留其狱,数日不决。录事诣若水厅,诟之曰:"若受富民钱,欲出其死罪耶?"若水笑谢曰:"今数人当死,岂可不少留熟观其狱词耶?"留之且旬日,知州屡趣之,不得,上下皆怪之。若水一旦诣州,屏人言曰:"若水所以留其狱者,密使人访求女奴,今得之矣。"知州惊曰:"安在?"若水因密使人送女奴于知州。知州乃垂帘引女奴父母问曰:"汝今见汝女,识之乎?"对曰:"安有不识也!"因从帘中推出示之,父母泣曰:"是也。"乃引富民父子,悉破械纵之。其人号泣不肯去,曰:"微使君之赐,则某灭族矣。"知州曰:"推官之赐也，非我也。"其人趋诣若水厅事，若水闭门拒之，曰："知州自求得之，我何与焉？"其人不得入，绕垣而哭，倾家资以饭僧，为若水祈福。知州以若水雪冤死者数人，欲为之奏论其功，若水固辞，曰："若水但求狱事正，人不冤死耳。论功非其本心也。且朝廷若以此为若水功，当置录事于何地耶？"知州叹服曰："如此尤不可及矣。"录事诣若水厅叩头愧谢，若水曰："狱情难知，偶有过误，何谢也？"于是远近翕然称之。未几，太宗闻之，骤加晋擢，自幕职半岁中为知制诰，二年中为枢密副使。

李继隆与转运使卢之翰有隙，欲陷之罪，乃檄转运司，期八月出塞，令办刍粟。转运司调发方集，继隆复为檄言："据阴阳人状，国家不利八月出师，当更取十月。"转运司遂散刍粟。既而复为檄云："得保塞胡侦候状，言贼且入塞，当以时进兵，刍粟即日取办。"是时民输挽者适散，仓卒不可复集，继隆遂奏转运司乏军兴。太宗大怒，立召中使一人，付三函，令乘驿骑取转运使卢之翰、窦玭及某人首。丞相吕端、枢密使柴禹锡皆不敢言，惟枢密副使钱若水争之，请先推验，有状然后行法。上大怒，拂衣起，入禁中。二府皆罢，若水独留廷中不去。上既食，久之，使人侦视廷中有何人，报云："有细瘦而长者，尚立焉。"上出诘之曰："尔以同州推官再期为枢密副使，朕所以擢任尔者，以尔为贤，尔乃不才如是耶？尚留此安俟？"对曰："陛下不知臣无能，使得待罪二府，固当竭其愚虑，不避死亡，补益陛下，以报厚恩。李继隆外戚，贵重莫比，今陛下据其一幅奏书，诛三转运使，虽彼有罪，天下何由知之？鞫验事状明白，乃加诛，亦何晚焉？献可替否，死以守之，臣之常分。臣未获死，故不敢退。"上意解，乃召吕端等，奏请如若水议，先令责状，许之，三人皆黜为行军副使。既而虏欲入塞事皆虚，继隆坐罢招讨，知秦州。王居日云。

曹侍中将薨，真宗亲临视之，问以后事，对曰："臣无事可言。"固问之，对曰："臣二子璨与玮，才器可取，皆堪为将。"上问其优劣，对曰："璨不如玮。"已而果然。玮知秦州，尝出巡城，以城上遮箭板太高，召主者令卑之。主者对曰："旧如此者久矣。"玮怒曰："旧固不可改也？"命牵出斩之。僚佐以主者老将，谙兵事，罪小，宜可赦，皆谏玮,玮不听,卒诛之。军中慑伏。西蕃犯塞,候骑报虏将至,玮方饮啖自若。顷之,报虏去城数里,乃起贯戴,以帛缠身,令数人引之,身停不动。上马出城,望见虏阵有僧奔马径往来于阵前检校,玮问左右曰:"彼布阵乃用僧耶?"对曰:"不然。此虏之贵人也。"玮问军中谁善射者,众言李超。玮即呼超指示之,曰:"汝能取彼否?"对曰:"凭太保威灵,愿得五十骑裹送至虏阵前,可以取之。"玮以百骑与之,敕曰:"不获而返,当死。"遂进至虏阵前,骑左右开,超射之,一发而毙。于是虏鸣筘而遁。玮以大军征之,虏众大败,出塞穷追,俘斩万计,改边凿濠。西边由是慑服,至今不敢犯塞,每言及玮,则加手于额,呼之为父云。全昭云。

玮在秦州,有士卒十余人,叛赴虏中。军吏来告,玮方与客弈棋,不应。军吏亟言之,玮怒,叱之曰:"吾固遣之去,汝再三显言耶?"虏闻之,亟归告其将,尽杀之。伯康云。

曹侍中彬为人仁爱多恕,平数国,未尝妄斩人。尝知徐州,有吏犯罪,既立案,逾年然后杖之,人皆不晓其意。彬曰:"吾闻此人新取妇,若杖之,彼其舅姑必以妇为不利而恶之,朝夕笞骂,使不能自存。吾故缓其事,而法亦不赦也。"其用意如此。张锡云。

杨徽之,建州浦城人。少好学,善属文,有志节。是时福建属江南,亦置进士科以延士大夫,徽之耻之,乃间道诣中朝应举,夜浮江津。周世宗时及第,为拾遗。是时太祖已为时望所归,徽之上书言之。及太祖即位,将杀徽之,太宗时为晋王,力救之,曰:"此周室忠臣也,不可杀。"其后左迁为峨眉令,十余年不得调。太宗即位,始召之,用为太子谕德、侍讲,官至兵部侍郎,赠仆射。徽之性介特,人罕能入其意者,虽亲子弟,不肯奏以为官,平生独奏外孙宋绶、族人自诚及某三人而已。绶后历清显,至参知政事。自诚,徽之疏族也,徙居建昌。自诚子伟,仕至翰林学士;从父弟仪,今为秘阁校理。黄希云。

光禄寺卿王济,刑部详覆官,屡上封事。是时诸道置提举茶盐酒税官,朝廷因令访察民间事、吏之能否,甚重其选。会京西道缺官,太宗问左右:"刑部有好言者,为谁?"左右以济对,上即以授之。

魏廷式为益州路转运使,入奏事,太宗令以事先诣中书,廷式曰:

"臣乘传来三千七百里之外，所奏事固望陛下宸断决之，非为宰相来
也。奈何诣中书？"上悦，即非时出见之，赐钱五十万，遣还官。

充王宫翊善姚坦好直谏。王尝作假山，所费甚广，既成，召官属
置酒共观之，众皆褒叹其美，坦独俯首不视。王强使视之，坦曰："坦
见血山耳，安得假山？"王惊问其故，坦曰："坦在田舍时，见州县督税，
上下相驱峻急，里胥临门，捕人父子兄弟，送县鞭笞，血流满身，此假
山皆民租赋所出，非血山而何？"太宗闻是言时，亦为假山，亟命毁之。
王每有过失，坦未尝不尽言规正。宫中自王以下皆不喜，左右乃教王
诈称疾不朝。太宗日使医视之，逾月不瘳，上甚忧之。召王乳母入
宫，问王疾增损状，乳母曰："王本无疾，徒以翊善姚坦检束，起居不得
自便，王不乐，故成疾耳。"上怒曰："吾选端士为王僚属者，固欲辅佐
王为善耳。今王不能用规谏，而又诈疾，欲使朕逐去正人以自便，何
可得也！且王年少，未知出此，必尔辈为之谋耳。"因命捽之后园，杖
之数十。召坦慰谕曰："卿居王宫，为群小所嫉，大为不易。卿但能如
此，毋患谗言，朕必不听。"

田锡好直谏，太祖或时不能堪，锡从容奏曰："陛下日往月来，养
成圣性。"上悦，亦重之。右出《圣政录》。

王禹偁字元之，济州人。少善属文，举进士及第，为大理评事、知
长洲县。太宗闻其名，召为右正言、直史馆，才周岁，遂知制诰。禹偁
性刚狷，数忤权贵，宦官尤恶之。上累命执政召至中书戒谕之，禹偁
终不能戒。禹偁为翰林学士，上优待之，同列莫与比。上尝曰："当今
文章，惟王禹偁独步耳。"

王元之之子嘉祐为馆职，平时若愚呆，独寇莱公知之，喜与之语。
莱公知开封府，一旦问嘉祐曰："外人谓劣丈云何？"嘉祐曰："外人皆
云丈人旦夕入相。"莱公曰："于吾子意何如？"嘉祐曰："以愚观之，丈
人不若未相为善，相则誉望损矣。"莱公曰："何故？"嘉祐曰："自古贤
相所以能建功业、泽生民者，其君臣相得，皆如鱼之有水，故言听计
从，而功名俱美。今丈人负天下重望，相则中外有太平之责焉。而丈
人之于明主，能若鱼之有水乎？此嘉祐所以恐誉望之损也。"莱公喜，
起执其手曰："元之虽文章冠天下，至于深识远虑，则不能胜吾子也。"

始平公云。

　　保安军奏获李继迁母，太宗甚喜。是时寇准为枢密副使，吕端为宰相，上独召准与之谋。准退，自宰相幕次前过不入，端使人邀之至幕中，曰："向者主上召君何为？"准曰："议边事耳。"端曰："陛下戒君勿言于端乎？"准曰："不然。"端曰："若边鄙常事，枢密院之职，端不必预知；若军国大计，端备位宰相，不可以莫之知也。"准以获继迁母告。端曰："君何以处之？"准曰："准欲斩于保安军北门之外，以戒凶逆。"端曰："陛下以为何如？"准曰："陛下以为然，令准之密院行文书耳。"端曰："必若此，非计之得者也。愿君少缓其事，文书勿亟下，端将入，覆奏之。"即召阁门吏，使奏"宰相臣吕端请对"。上召入之，端见，具道准言，且曰："昔项羽得太公，欲烹之，汉高祖曰：'愿遗我一杯羹。'夫举大事者，固不顾其亲，况继迁胡夷悖逆之人哉！且陛下今日杀继迁之母，继迁可擒乎？若不然，徒树怨雠而坚其叛心也。"上曰："然则奈何？"端曰："以臣之愚，请直置于延州，使善养视之，以招徕继迁，虽不能即降，终可以系其心，而母生死之命在我矣。"上抚髀称善，曰："微卿，几误我事。"即用端策。其母后病死于延州，继迁寻亦死，其子德明竟纳降请命。张宗益云。

　　魏王德昭，太祖之长子，从太宗征幽州，军中夜惊，不知上所在，众议有谋立王者，会知上处，乃止。上微闻，衔之不言。时上以北征不利，久不行河东之赏，议者皆以为不可，王乘间入言之，上大怒，曰："待汝自为之，未晚也。"王惶恐还宫，谓左右曰："带刀乎？"左右辞以禁中不敢带。王因入茶果阁门，推户取割果刀自刎。上闻之，惊悔，往抱其尸大哭曰："痴儿，何至此耶！"王宜父云。

　　苏王元偓，太祖遗腹子，太宗子养之。杨乐道云。

　　太宗时，寇准为员外郎，奏事忤上旨，上拂衣起，欲入禁中，准手引上衣，令上复坐，决其事然后退。上由是嘉之。

　　太宗器重准，尝曰："朕得寇准，犹唐文皇之得魏郑公也。"准以虞部员外郎言事，召对称旨。太宗谓宰相曰："朕欲擢用寇准，当授以何官？"宰相请用为开封推官。上怒曰："此官岂所以待准者？"宰相请用为枢密直学士。上沉思良久，曰："且使为此官则可也。"陆子云。

李穆字孟雍,阳武人。幼沉谨,温厚好学,闻酸枣王昭素先生善《易》,往师之。昭素喜其开敏,谓人曰:"观李生才能气度,他日必为卿相。"昭素先时著《易论》三十三篇,秘不传人,至是尽以授穆,穆由是知名。举进士,翰林学士徐台符知贡举,擢之上第,除郢州军事判官,迁汝州防御判官。周世宗即位,求文学之士,或荐穆,擢拜右拾遗。太祖登极,迁殿中侍御史,屡奉使伪国。平蜀之初,通判洋州,又通判陕州,坐有罪,复免一官。久之,召为中允,寻以左拾遗知制诰。太宗即位,屡迁至中书舍人。宰相卢多逊得罪,穆坐与之同年登进士第,降授司封员外郎。上惜其才,寻命之考校贡院。及御试进士,上见其颜色憔悴,怜之,复以为中书舍人,职任皆如故。寻命知开封事,有能名,遂擢参知政事。穆性至孝,母病累年,恶暑而畏风,穆身自扶持起居,能适其志,或通夕不寐,未尝有倦惰之色。母卒,哀毁过人。朝命起复,固辞,不得已,视事,然终不饮酒食肉,未终丧而卒,年五十七。上甚惜之,谓宰相曰:"李穆,国之良臣,奄尔沦没,非穆之不幸,乃国之不幸也。"穆赠工部尚书。出穆《行状》。

钱氏在两浙,置知机务如知枢密院,通儒院学士如翰林学士。唐子方云。

周仁冀事钱俶,首建归朝之策。吴越丞相沈虎子者,钱氏骨鲠臣也。俶为朝廷攻拔常州,虎子谏曰:"江南,国之藩蔽。今大王自撤其藩蔽,将何以卫社稷乎?"俶出虎子为刺史,以仁冀代为丞相。仁冀说俶曰:"主上英武,所向无敌,今天下事势已可知。保族全民,策之上者也。"俶深然之。太祖时,自明州海道入朝,太祖礼而遣之。太平兴国三年,仁冀复从俶入朝,卢多逊说上留之勿遣。俶朝礼毕,数日,欲去,不获命,又不敢辞,君臣恐惧,莫知所为。仁冀曰:"今朝廷意可知,大王不速纳土,祸将至矣。"俶左右固争,以为不可,仁冀厉声曰:"今已在人掌握中,去国千里,虽有羽翼不能飞出耳。"遂定速纳两浙地图,请效土为内臣。上一再辞让,遂受之。改封俶淮海国王,俶子惟濬淮南军节度使兼侍中,以仁冀为副。俶辞,又更除邓州。以仁冀为鸿胪卿,久之卒不迁官,盖太宗心亦薄之也。子方云。

孙何、丁谓举进士第,未有名,翰林学士王禹偁见其文,大赏之,赠诗云："三百年来文不振，直从韩柳到孙丁。如今便好合修史，二子文章似六经。"二人由此诗名大振。

卢多逊父有高识，深恶多逊所为，闻其与赵中令为仇，曰："彼元勋也，而小子毁之，祸必及我。得早死，不及见其败，幸也。"竟以忧卒。未几，多逊败。富公云。

韩王将营西宅，遣人于秦、陇市良材以万数，卢多逊阴以白上，曰："普身为元宰，乃与商贾竞利。"及宅成，韩王时为西京留守，已病矣。诏诣阙，将行，乘小车一游第中，遂如京师，捐于馆，不复再来矣。

张藏英，燕人。父为人所杀，藏英尚幼，稍长，擒仇人，生脔割以祭其父，然后食其心肝。乡人谓之"报仇张孝子"。契丹用为芦台军使。逃归中国，从世宗征契丹。藏英请不用兵，先往说下瓦桥关。乃单骑往城下，呼曰："汝识我乎？我张芦台也。"因陈世宗威德，曰："汝非敌也。不下，且见屠！"藏英素为燕人所信重，契丹遂自北门遁去，城人开门请降。张文裕云。

卷三

太祖时,赵韩王普为宰相,车驾因出,忽幸其第。时两浙王钱俶方遣使致书及海物十瓶于韩王,置左庑下。会车驾至,仓卒出迎,不及屏也。上顾见,问何物,韩王以实对。上曰:"此海物必佳。"即命启之,皆满贮瓜子金也。韩王惶恐,顿首谢曰:"未发书,实不知。"上笑曰:"但取之,无虑。彼谓国家事皆由汝书生耳。"因命韩王谢而受之。韩王东京宅,皆用此金所修也。富公云。

曹彬攻金陵,垂克,忽称疾不视事。诸将皆来问疾,彬曰:"余之病非药石所能愈,惟须诸公共发诚心,自誓以克城之日不妄杀一人,则自愈矣。"诸将许诺,共焚香为誓。明日,称愈。及克金陵,城中皆安堵如故。曹翰克江州,忿其久不下,屠戮无遗。彬之子孙贵盛,至今不绝,翰卒未至十年,子孙有乞匄于海上者矣。程熙云。

彬入金陵,李煜来见,彬给五百人,使为之运宫中珍宝金帛,惟意所取,曰:"明日皆籍为官物,不可复得矣。"时煜方以亡国忧愤,无意于蓄财,所取不多,故比诸降王独贫。彬克江南,入见,诣阁门进榜子云:"救差往江南勾当公事回。"时人美其不伐。

王禹偁,济州人。生十余岁,能属文。太平兴国八年,进士及第,补成武主簿,改大理评事、知长洲县。太宗方奖拔文士,闻其名,召拜右拾遗、直史馆,赐绯。故事,赐绯者给银带,上特命以文犀带赐之。禹偁献《端拱箴》,以为诚。寻以左司谏知制诰。上尝称之曰:"王禹偁文章,当今天下独步。"判大理寺,散骑常侍徐铉为奴巫道安所诬,谪官,禹偁上疏讼之,请反坐奴罪,由是贬商州团练副使,无禄,种蔬自给。徙解州团练副使。上思其才,复召为左正言,仍命宰相以"刚直不容物"戒之。加直昭文馆,以父老,求外补,出知单州,遭父丧,起复。至道初,召为翰林学士,知通进司,多所封驳。孝章皇后崩,丧礼颇不备,禹偁上书论之,坐出知滁州,徙知扬州。出宋次道所为《神道碑》。

王禹偁为谏官,上《御戎十策》,大旨以为外任人、内修德,则可以弭之。外则合兵势以重将权，罢小臣调逻边事，行间谍以离其党，遣赵保忠、折御卿率所部以张掎角，下诏感励边人，取燕、蓟旧疆，盖吊晋遗民，非贪其土地。内则省官以宽经费，抑文士以激武夫，信用大臣以资其谋，不贵虚名以戒无益，禁游惰以厚民力。端拱冬旱，禹偁上疏请节用、省役、薄赋、缓刑。出《神道碑》。

真宗即位，召王禹偁于扬州，复知制诰，修《太宗实录》。执政疑禹偁轻重其间，落职出知黄州。州境有二虎斗，食其一，冬雷，群鸡夜鸣。禹偁上疏引《洪范传》陈戒，且自劾。上以问司天官，对以守臣任其咎，上乃命知蕲州。寻诏还朝，禹偁已卒。卒于咸平四年五月戊子。出宋次道所为《神道碑》。

太宗末，王禹偁上言，请明数继迁罪状，募故胡杀之。真宗即位，诏群臣论事，禹偁上疏陈五事。一曰：谨边防，通盟好。因嗣统之庆，赦继迁罪，复与夏台，彼必感恩内附，且使天下知屈己而为人也。二曰：减冗兵，并冗吏，使山泽之饶稍流于下。开宝前，诸国未平，而财赋足，兵威强，由所养之兵锐而不众，所用之将专而不疑，设官至简而事皆举。兴国后，增员太冗，宜皆经制之。三曰：艰选举，使入官不滥。先朝登第近仅万人，宜纠以旧制，还举场于有司。至吏部铨择官，亦非帝王躬亲之事，宜依格敕注拟。四曰：澄汰僧尼，使疲民无耗。恐其惊骇，且罢度人、修寺一二十载，容自销铄，亦救弊之一端。五曰：亲大臣，远小人，使忠良謇谔之士知进而不疑，奸憸倾巧之徒知退而有惧。其后，潘罗支射死继迁，西夏款附，卒如禹偁策。而岁限度僧尼之数，及病囚轻系，得养治于家，至今行之。

太宗时，禹偁为翰林学士，尝草继迁制，遗马五十匹以备濡润，禹偁以状不如式，却之。及出守滁州，闽人郑褒徒步来谒，禹偁爱其儒雅，及别去，为买一马。或言买马亏价者，太宗曰："彼能却继迁五十马，顾肯亏此价哉！"禹偁之卒，谏议大夫戚纶诔曰："事上不回邪，居下不诌佞，见善若己有，疾恶过仇雠。"世以为知言。

祥符中，真宗观书龙图阁，得禹偁章奏，叹美切直，因访其后，宰相称其子嘉言以进士第为江都尉，即召对，擢大理评事。皇祐中，其曾孙汾第进士甲科，以免解例当降，仁宗阅其世次，曰："此王禹偁孙也。"令无降等。面问其子孙仕者几人,汾具以对。及汾改京官,又命优进其秩。出次道所撰《碑》。

张洎为举人时,张佖在江南已通贵,洎每奉谒求见,称从表侄孙,既及第,称弟,及秉政,不复论中表矣,以庶僚遇之。佖怨洎入骨髓。国亡,俱仕中国。洎作《钱俶谥议》云:"亢而无悔。"佖奏驳之,洎广引经传自辨,乃得解。事见《国史》。

张洎与陈乔皆为江南相,金陵破,二人约效死于李煜之前。乔既死,洎白煜曰:"若俱死,中国责陛下久不归命之罪,谁为陛下辨之?臣请从陛下入朝。"遂不死。太宗时,洎为员外郎判考功,寇莱公判流内铨,年少倨贵,每入省,洎常立于省门,磬折候之。莱公悦,引与语,爱其辨博,遂荐于太宗。欲用之,而闻潘佑因洎而死,薄其为人。太宗好琴棋,琴棋待诏多江南人,洎皆厚抚之。太宗尝从容问佑之死于待诏,曰:"人言皆张洎谮之,何如?"待诏对曰:"李煜自忿佑言切直而杀之,非执政之罪也。"莱公又数为上言洎学术该富,智识宏敏,上亦自爱其才,久之,遂与莱公皆参知政事。洎女嫁杨文侨公,倨不事姑,或效其姑语以为笑,后终出之。由是两家不相能,故文侨公修《国史》,为《洎传》,极言其短。

王嗣宗,汾州人。太祖时举进士,与赵昌言争状元于殿前,太祖乃命二人手搏,约胜者与之。昌言发秃,嗣宗殴其幞头坠地,趣前谢曰:"臣胜之。"上大笑,即以嗣宗为状元,昌言次之。初为泰州司理参军,路冲知州事,尝以公事忤冲意,怒,械系之。会有献新果一盒者,冲召嗣宗谓曰:"汝为我对一句诗,当脱汝械。"嗣宗请诗,冲曰:"佳果更将新合合。"嗣宗应声曰:"恶人须用大枷枷。"冲悦,即舍之。太宗时,嗣宗以秘书丞知横州,上遣武德卒之岭南,伺察民间事。嗣宗执而杖之,械送阙下,因奏曰:"陛下不委任天下贤俊,而猥以此辈为耳目,窃为陛下不取。"上大怒,命械送嗣宗诣京师。既至,上怒解,喜嗣宗直节,迁太常博士,通判澶州。后知汾州事。州有狐王庙,巫祝假之以惑百姓,历年甚久,举州信重。前后长吏皆先谒奠,乃敢视事。嗣宗毁其庙,熏其穴,得狐数十头,尽皆杀之。韩钦圣云。

张开封云:梅侍读询,晚年尤躁于禄位。尝朝退,过阁门,见箱中有锦轴云："胡则侍郎致仕告身。"同列取视之，询远避之而过，曰："币重而言甘，诱我也，何以视？"时人多笑之。

孙器之云：询年七十余，又病足，常抚其足而詈之，曰："是中有鬼，令我不至两府者，汝也。"有所爱马，每夜令五人相代牵之，将马不系于柱，恐其系绊或伤之也。又夜中数自出视之。尝牵马将乘，抚其鞍曰："贱畜，吾已薄命矣，汝岂无分被绣鞯耶？"

龚伯建云：询与孙何、盛度、丁谓，真宗时俱在清贯。询好洁衣服，衰以龙麝，其香数步袭人；何性落拓，衣服垢污；度体充壮，居马上，前如仰，后如俯；谓，吴人，面如刻削。时人为之语曰："梅香，孙臭，盛肥，丁瘦。"

渝州曰：何性落拓，而酷好古文。为转运使，颇尚苛峻，州县吏患之，乃求古碑字磨灭者纸本数联，钉于馆中。何至，则读其碑，辨识文字，以爪搔发垢而嗅之，遂往往至暮，不复省录文案云。

器之曰：何为转运使，令人负礓砾自随，所至散之地，吏应对小误，则于地倒曳之。故从者凭依其威，妄为寒暑，所至骚扰，人不称贤。度虽肥，拜起轻捷。为翰林学士时，尝自前殿出，宰相在后，度初不知，忽见，趋而避之，行百余步，乃得直舍，隐于其中。翰林学士石中立见其喘甚，问之，度告其故，中立曰："相公问否？"度曰："不问。"别去十余步，乃悟，骂曰："奴乃以我为牛也。"谓貌睢盱，若常寒饿者，而贵震天下，相者以为真猴形云。

中立性滑稽，尝与同列观南御园所畜狮子，主者云："县官日破肉五斤以饲之。"同列戏曰："吾侪反不及此狮子耶？"中立曰："然。吾辈官皆员外郎，借声为"园外狼"也。敢望园中狮子乎？"众大笑。朝士上官辟尝谏之，曰："公名位非轻，奈何谈笑如此？"中立曰："君自为上官辟，借声为鼻。何能知下官口？"及为参知政事日，或谓曰："公为两府，谈谐度可止矣。"中立取除书示曰："敕命我'可本官参知政事，余如故'，奈何止也？"尝坠马，左右惊扶之，中立起曰："赖尔'石'参政也，向若'瓦'参政，虀粉久矣。"中立为参知政事，无他材能，时人或以郑綮方之，未几，罢为资政殿学士，不复用，老于家。

先朝时，锁厅举进士者，时有一人，以为奇异。试不中皆以责罚，为私罪。其后，诏文官听应两举，武官一举，不中者不获罚。景祐四年，锁厅人最盛，开封府投牒者，至数百人，国子监及诸州者不在焉。是时，陈尧佐为宰相，韩亿为枢密院副使，既而解牒出，尧佐子博古为解元，亿子孙四人皆无落者。众议喧然，作《河满子》以嘲之，流闻达于禁中。殿中侍御史萧定基时掌誊录，因奏事，上问《河满子》之词，定基因诵之。先是，天章阁待制范仲淹坐言事，左迁饶州；王宫待制王宗道因奏事，自陈为王府官二十年不迁，诏改除龙图阁学士。权三司使王博文言于上曰："臣老且死，不复得望两府之门。"因涕下，上怜之，数日，遂为枢密副使。当时轻薄者取张祐诗，益其文以嘲之，曰："天章故国三千里，学士深宫二十年。殿院一声《河满子》，龙图双泪落君前。"于是，诏今后锁厅应举人与白衣别试，各十人中解三人，在外者众试于转运司，恐其妨白衣解额故也。庆历中，又诏文武锁厅试者不复限以举数。故事，锁厅及第注官者皆升一甲，今不复升之。

宋静曰：景祐五年御试进士，上以时议之故，密诏陈博古、韩氏四子及两家门下士范镇、宋静试卷皆不得预。考官奏："镇、静实有文，久在场屋，有名声，非附两家之势得之。"乃听考而降其等级。故事，省元及第未有在第二甲者，虽近下犹升之，省元及第二甲自镇始。镇字景仁，成都人，与兄镃皆以词赋著名。自吴育、欧阳修为省元，殿前唱第过三人，则疾声自言。镇独默然，时人以是贤之。静字子镇，眉州人。

庐州曾绍齐言，其乡里数十年之间，吏治简易，民俗富乐。有女不肯以嫁官人，云"恐其往他州县，难相见也"。嫁娶者，宗族竞为饮宴以相贺，四十日而止，伤今不然。

庆历五年正月一日，见任两制以上官：同中书门下平章事：贾昌朝，陈执中。枢密使同中书门下平章事：王贻永。参知政事：工部侍郎丁度，给事中宋庠。枢密副使谏议大夫庞籍，吴育。节度使、中书门下平章事：军知陈州章得象，军知澶州王德用，军北京留守夏竦，王贻永见上。尚书：刑部晏殊。节度使：军知永兴军程琳。资政殿大学士：知并州郑戬。端明殿大学士：翰林学士承旨兼龙图阁王尧臣，李淑。翰林学士：王尧臣见上，判官院孙抃，同判杨察，三司使张

方平。资政殿学士：侍郎、西京留守张观，给事中、知扬州韩琦，谏议
大夫知邓州范仲淹，知曹州任中师，南京留守王举正，知郓州富弼。
翰林侍读学士：判农寺杨偕，知青州叶清臣，判三班院柳植，知秦州
梁适，知郑州王拱辰，提举诸司宋祁。龙图阁学士：王尧臣、宋祁并
见上。枢密直学士：知镇州明镐，知杭州蒋堂，知益州文彦博，知许
州李昭直。龙图阁直学士：知蔡州孙祖德，知徐州张奎，给事中、知
开封府张存、刘沆，知滑州张锡，田况居忧。御史中丞：高若讷。尚
书左丞：知杭州徐衍。给事中：知亳州高觌。谏议大夫：知广州魏
瓘，知江宁李宥。知制诰：知滁州欧阳修，国信使王祺，同判杨伟、彭
乘、赵槩，判流内铨钱明逸。天章阁待制：知处州张昷之，知杭州方
偕，知渭州程戡，知延州孙沔，知庆州沈邈，知河中府王子融，知苏州
滕宗谅、杨安国，陕西都转运使夏安期，河北都转运使鱼周询。前两
府致仕：太傅张士逊，太子太师张耆，太子太傅李迪，太子少傅李若
谷，太子少保任布。前两制致仕：侍郎郎简。

　　张安寿曰：吕申公夷简平生朝会出入进止皆有常处，不差尺寸。
庆历中为上相，首冠百僚起居，误忘一拜而起，外间谨言吕相失仪。
余时举制科在京师，闻之，曰："吕公为相久，非不详审者，今大朝会而
失仪，是天夺之魄，殆将亡矣。"后十四日，忽感风疾，遂致仕，以至
不起。

　　又曰：彭内翰乘往在三馆时，尝预钓鱼宴。故事，天子未得鱼，
臣虽先得鱼，不敢举竿。是时上已得鱼，左右以红丝网承之，侍座者
毕贺。已而乘同列有得鱼者，欲举之，左右止之曰："侍中未得鱼，学
士未可举也。"侍中，曹郓公利用也。乘固已怪之。顷之，宰辅有得鱼
者，左右以白网承之，及利用得鱼，复用红网，利用亦不止之。乘出，
谓人曰："曹公权位如此，不以逼近自嫌，而安于僭礼，难以久矣。"未
几而败。

　　景休曰：夏竦字子乔，父故钱氏臣，归朝为侍禁。竦幼学于姚
铉，使为《水赋》，限以万字。竦作三千字以示铉，铉怒不视，曰："汝何
不于水之前后左右广言之，则多矣。"竦又益之，凡得六千字，以示铉，
铉喜曰："可教矣。"年十七，善属文，为时人所称。举进士，开封府解

者以百数,竦为第五,贡院奏名第四。会其父死于边,竦以死事者子补奉职。贡院奏:"竦所试诗赋优于省元陈尧佐,以其幼,故抑之。来举请免省试。"诏许之。竦以奉职行父丧,服终,换丹阳主簿,举贤良方正及第,拜大理评事、通判台州,秩满,迁光禄寺丞、直史馆。顷之,奉诏修史,俄知制诰,时年二十七。

又曰:宋兴以来,御试制科人无登第三等者,惟吴育第三等下,自余皆四等上,并为及第,降此则落之。

鲁平曰:宋初以来,至真宗方设制科,陈越、王曙为之首。其后,夏竦等数人皆以制科登第,既而中废。今上即位,天圣六年始复置。其后每开科场,则置之。有官者举贤良方正,无官者举茂材异等,余四科多不应。皆自投牒,献所著文论,差官考校。中者召诣阁下,试论六首;及中选,则于殿廷试策一道,五千字以上。其中选者不过一二人,然数年之后,即为美官。庆历六年,贾昌朝为政,议欲废之,吴育参知政事,与昌朝争论于上前,由是贾、吴有隙。乃诏自今后举制科者,不听自投牒,皆两制举乃得考校。

原叔曰:赵槩与欧阳修同直史馆,及同修起居注,槩性重厚寡言,修意轻之。及修除知制诰,是时韩、范在中书,以槩为不文,乃除天章阁待制,槩淡然不以屑意。及韩、范出,乃复除知制诰。会修甥嫁为修从子晟妻,与人淫乱,事觉,语连及修,时修为龙图阁直学士、河北都转运使,疾韩、范者皆欲文致修罪,云与甥乱。上怒,狱急,群臣无敢言者,槩独上书言:"修以文章为近臣,不可以闺房暧昧之事轻加污蔑。臣与修踪迹素疏,修之待臣亦薄,所惜者,朝廷大体耳。"书奏,上不悦。人皆为之惧,槩亦淡然如平日。久之,修坐降为知制诰、知滁州,执政私晓譬令槩求去,乃知苏州。遭丧去官,服阕,除翰林学士,槩复表让,以欧阳修先进,不可超越为学士。奏虽不报,时论美之。

庞公曰:先帝时,龙图阁待制皆更直秘阁下,夜召入禁中,访以外事,近岁直者,惟申牒托疾而已。

李受曰:淳化中,赵韩王出镇,太宗患中书权太重,且事众,宰相不能悉领理。向敏中时为谏官,上言请分中书吏房置审官院,刑房置审刑院。初皆以两制重臣领之，其审刑详议官，皆自台谏馆阁为之。近岁用人颇轻，清流皆耻为之。凡天下狱事有涉命官者，皆以具狱上请，先下审刑院，令详议官投均分之略观大情，即日下大理寺详断，官复投均分之，抄其节目，以法处之，皆手自书概定。覆上审刑院，详议官再观之，重抄节目贴黄，六人通观署定乃奏。其有不当，则驳下更正之。故大理寺常畏事审刑院如小属吏。凡有事，审刑院用头子下大理寺，大理寺用申状。

原叔、不疑曰：陆参少好学，淳谨，独与母居。邻家失火，母急呼，参不应，蹴之堕床下。良久，束带，火将至，曰："大人向者呼参，未束带，故不敢应。"及长，举进士及第。尝为县令，有劫盗系甚急，参愍之，呼谓曰："汝迫于饥寒为是耳，非性不善也。"命缓其缚。一夕逸之，吏急以告参，参命捕之，叹曰："我仁恻缓汝，汝乃忍负参如此，脱复捕得，胡颜见参？"又有讼田者，判其状尾而授之，曰："汝不见虞、芮之事乎？"讼者赍以示所司，皆不能解，复以见参，参又判其后曰："嗟乎，一县之人，曾无深于《诗》者！"人皆传以为笑。蔡文忠公以为有淳古之风，荐之朝廷，官员外郎，迁史馆检讨。著《蒙书》十卷。

师道曰：张昪音便。自知杂左迁知润州，司谏陈旭数言其梗直，宜在朝廷，上曰："吾非不知昪贤，然言词不择轻重。"旭请其事，上曰："顷论张尧佐事云：'陛下勤身克己，欲致太平，奈何以一妇人坏之乎？'"旭曰："此乃直言，人臣所难也。"上曰："又论杨怀敏'苟得志，所为不减刘季述'，何至于此？"旭曰："昪志在去恶，言之不激，则圣听不回，亦不可深罪也。"皇祐二年，昪以天章阁待制代杜杞知庆州。

又曰：杜杞字伟长，为湖南转运副使。五溪蛮反，杞以金帛官爵诱出之，因为设宴，饮以曼陀罗酒，昏醉，尽杀之，凡数十人。因立《大宋平蛮碑》，自拟马伏波，上疏论功。朝廷劾其弃信专杀之状，既而舍之。官至天章阁待制。

皇城使宋安道，故名国昌，始以医进。景祐初，累迁药局奉御，职上药。是时尚、杨二美人方有宠，每夕并侍上寝，上体为之敝，或累日不进食。中外忧惧，皆归罪二美人。保庆杨太后亟以为言，上未能去。入内，内侍省都知阎文应日夕侍上，言之不已，上不胜烦，乃许。

文应即召毡车载之出。二美人涕泣辞说，不肯行。文应批其颊，骂曰："宫婢尚复何云！"即载送别宫。明日，下诏以尚氏为女冠，杨氏为尼，立曹后。

道粹曰：景祐初，内宠颇盛，上体多疾。司谏滕宗谅上疏曰："陛下日居深宫，留连荒宴，临朝则多倦色，政事如不挂圣怀。"坐是出知信州。

又曰：吕申公见上体不安，故擢允让管勾宗正司，宗室听换西班官，皆公之策也。故时，自借职十迁至诸司副使，及换西班官，自率府副使四迁即为遥郡刺史，俸禄十倍于旧，国用益广，于今为烈。

又曰：范讽性倜傥，好直节，不拘细行。自在场屋，与鞠詠、滕宗谅游，已有轩轾之名。及为中丞，力挤张士逊，援吕夷简，意夷简引己至二府。夷简忌其刚伉，久之不敢荐引，讽愤激求出，知兖州。将行，谓上曰："陛下朝中无忠臣，一旦纪纲大坏，然始召臣，将无益。"夷简愈恶之，故寻被谴谪。

吕相在中书，奏令参知政事宋绶编次《中书总例》，谓人曰："自吾有此例，使一庸夫执之，皆可为相矣。"

卷四

　　叔礼为余言：昔通判定州，佐王德用。是时，契丹主在燕京，朝廷发兵屯定州者，几六万人，居逆旅及民家，阗塞城市，未尝有一人敢喧哗暴横者。将校相戒曰："吾辈各当务敛士卒，勿令扰我菩萨。"一旦，仓中给军粮，军士以所给米黑，喧哗纷扰，监官惧，逃匿。有四卒以黑米见德用，德用曰："汝从我，当自入仓视之。"乃往召专副问曰："昨日我不令汝给二分黑米、八分白米乎？"曰："然。""然则汝何不先给白米后给黑米？此辈见所给米腐黑，以为所给尽如是，故喧哗耳。"专副对曰："然。某之罪也。"德用叱从者杖专副，人二十。又呼四卒谓曰："黑米亦公家之物，不给与汝曹，当弃之乎？汝何敢乃尔喧哗！"四卒相顾曰："向者不知有八分白米故耳。某等死罪。"德用又叱从者，亦人杖之二十。召指挥使骂曰："衙官，汝何敢如此？欲求决配乎？"指挥使百拜流汗，乃舍之。仓中肃然，僚佐皆服其能处事。

　　翰林学士曾公曰：景祐末，河东地震，京师正月雷。上忧灾异，深自贬损。秘书丞国子监直讲林瑀上言："灾异有常数，不足忧。"又依附《周易》，推衍五行阴阳之言上之。上素好术数，观瑀书，异之，欲为迁官，参知政事程琳以为不可，乃赐绯章服。瑀时兼诸王宫教授，琳因言："瑀所挟多图纬之言，不宜与宗室游。"乃罢宫职。上每读瑀书有不解者，辄令御药院批问，瑀因是得由御药院关说于上，大抵皆谄谀之辞，缘饰以阴阳。上大好之。会天章阁侍讲阙，讲官李淑等荐史馆检讨王洙，事在中书，未行。一旦，内以瑀充侍讲。是时，吕夷简虽恶瑀，欲探观上意用瑀坚否，乃曰："瑀，上所用；洙，臣下所荐耳。不若并进二名，更请上择之。"众以为然。明日，以洙、瑀名进，上曰："王洙何如？"夷简对曰："博学，明于经术。"上曰："吾已命瑀矣，若何？"夷简曰请并用二人，乃俱拜天章阁侍讲。瑀侍上数年，专以术数悦上意。又言布衣徐复善《易》，召至阙下，拜官不受。瑀与撰《天文会元图》上之，言自古圣帝即位，皆乾卦御年，若汉高祖、太祖皇帝亦然。上以其书问御史中丞贾昌朝,对曰:"臣所不习。"瑀与昌朝辩于上前,由是与昌朝不协。上问瑀:"太祖即位之年直何卦?"瑀对乾卦。又问真宗,亦然。上由是不乐,益厌瑀之迂谈。昌朝因劾奏:"瑀为儒士,不师圣人之言,专挟邪说,罔惑上听,不可在近侍。"有诏落侍讲、通判歙州。后知戎州,坐事失官,遂废于世。

傅求曰:皇祐二年,诏陕西拣阅诸军及新保捷,年五十以上,若短小不及格四指者,皆免为民。议者纷然,以为边事未可知,不宜减兵。又云停卒一旦失衣粮,归乡闾间,必相聚为盗贼。缘边诸将,争之尤甚。是时,文公执政,庞公为枢密使,固执行之不疑。是岁,陕西所免新保捷凡三万五千余人,皆欢呼返其家;其未免者尚五万余人,皆悲涕,恨己不得去。求曰:陕西缘边计一岁费七十贯钱养一保捷,是岁,边费凡减二百四十五万贯,陕西之民,由是稍苏。

又曰:庆历初,永叔、安道、王素俱除谏官,君谟以诗贺曰:"御笔新除三谏官,喧然朝野竞相欢。当年流落丹心在,自古忠良得路难。必有谟猷裨帝力,直须风采动朝端。世间万事俱尘土,留取功名久远看。"三人以其诗荐于上,寻亦除谏官。

张侍郎曰:陈执中以前两府知青州,兼青、齐一路安抚使。转运使沈邈、陈述古之徒轻之,数以事侵执中,言以卒数万余修青州城,民间苦之。集贤校理李昭遘上言执中之短,诏以昭遘疏示之,执中惭恚,上疏求江淮小郡,诏不许。会贼王伦起沂州,入青州境,执中谓青、齐捉贼傅永吉曰:"沂州,君所部也。今贼发部中,又不能获,君罪大矣!"永吉惧,请以所部兵迫之,自谓必得。贼自青、齐历楚、泗、真、扬,入蕲、黄,永吉自后缓兵驱之。贼闻后有兵,不敢顿舍,比至蕲、黄,疲敝不能进,党与稍散,永吉追击尽杀之。上闻之,嘉永吉以为能,超迁阁门通事舍人,又迁阁门使。入见,许升殿,上称美永吉获伦之功,永吉对曰:"臣非能有所成也,皆陈执中授臣节度,臣奉行之,幸有成耳。"因极言陈执中之美。上益多永吉之让,而贤执中。因问永吉曰:"执中在青州凡几时?"对曰:"数岁矣。"未几,上谓宰相曰:"陈执中可为参知政事。"于是谏官蔡襄、孙甫等争上言:"执中刚愎不才,若任以政,天下之不幸。"上不听。谏官争不止,上乃命中使赍敕诰即青州授之，且谕意曰："朕欲用卿，举朝皆以为不可，朕不惑人言，力用卿耳。"明日，谏官复上殿，上作色逆谓之曰："岂非论陈执中耶？朕已召久矣。"谏官乃不敢复言。中使至青州，谕上旨，执中涕泣谢恩。既至中书，是时杜衍、章得象为相，贾昌朝与执中参知政事，凡议论，执中多与之立异。蔡襄、孙甫所言既不用，因求出。事下中书，甫本衍所举用，于是中书共为奏云："今谏院阙人，乞且留二人供职。"既奏，上颔之。退归，即诏吏出札子，令襄、甫且如旧供职。衍及得象既署，吏执札子诣执中，执中不肯署，曰："向者上无明旨，当复奏，何得遽令如此？"吏还白衍，衍取札子坏焚之。执中遂上奏云："衍党顾二人，苟欲令其在谏署，欺罔擅权。及臣觉其情，遂取札子焚之以灭迹，怀奸不忠。"明日，衍左迁尚书左丞，出知兖州，仍即日发遣，贾昌朝为相，蔡襄知福州，孙甫知邓州。顷之，得象亦出知陈州，执中遂为相。

　　又曰：执中之为相也，叶清臣为翰林学士，草其制诰，少所褒美。庆历六年夏，清臣以翰林侍读学士自扬州移知汾州，过京师，袖麻词草于上前自陈，曰："臣代王言，不敢虚美，当执中为相，才德实无可言，执中以是怨臣，故盛夏自扬州移臣汾州，水陆数千里。臣诚无罪，惟陛下哀之。"因改知澶州。至官未逾月，改知青州。明年夏，资政殿学士程琳自知永兴军府移青州，执中复奏移清臣，自青州移永兴军。清臣官时为户部郎中，上命迁谏议大夫，执中曰："故事，两制自中书郎中迁左右郎，今迁谏议大夫太优，乞且令兼龙图阁学士。"上许之。故事，新除知永兴军府者，当有锡赉，执中复曰："清臣近已得赐。"遂不与。清臣愈憾，过京师，复于上前力言执中之短，上疏及口陈者不可胜数，辞龙图阁学士不受。上命与之锡赉，亦不受。既而终赴长安，上遇执中亦如故。或曰："往者执中自谏官左迁，乘舟东下，清臣自两浙罢官归，道中相遇而争泊舟之地，遂相忿詈，由是有隙，所从来远矣。"

　　又曰：天章阁待制张昷之为河北都转运使，保州界河巡检兵士常以中贵人领之，与州抗衡，多龃龉不相平，州常下之。其士卒骄悍，粮赐优厚，虽不出巡徼，常廪口食。通判石待举以为虚费，申转运使罢之，士卒怨怒，遂作乱，杀知州、通判等，枭待举首于木上，每旦射之，箭不能容，则拔去更射。推都监为主，不从，即以枪刺之，洞心，刃出于背。又推监押韦贵，贵曰："若必能用吾言，乃可。"众许之，遂立贵为主。贵以言谕之，令勿动仓库及妄杀人，且说之以归顺朝廷，众颇听之。会朝廷遣知制诰田况赍诏谕之，况遣人于城下遥与贼语，出诏示之，贼终狐疑不听，稍近城则射之，不能得其要领。有殿直郭逵者，径逾濠诣城下，谓贼曰："我班行也，汝下索，我欲登城就汝语。"贼乃下索，即援之登城，谓贼曰："我班行也，岂不自爱，苟非诚信，肯至此乎？朝廷知汝非乐为乱，由官吏遇汝不以理，使汝至此。今赦汝罪，又以禄秩赏汝，使两制大臣奉诏书来谕汝，尚疑之，岂有诏书而不信耶？两制大臣而为诞妄耶？"辞气雄辩，贼皆相顾动色，曰："果如此，更使一二人登城。"即复下索，召其所知数人登城，贼于是信之，争投兵下城降，即日开门。大军入，收后服者一指挥而坑之，余皆勿问。殿直加阁门祗候。

保州城未下之时，有中贵人杨怀敏与张昷之不协，在军中密奏云："贼于城上呼云：'斩张昷之首，我当降。'愿赐昷之首以示贼，宜可得。"上从之，遣中使奉剑往，即军中斩昷之首以示贼。是时参知政事富弼宣抚河北，遇之，即遣中使复还，且奏："贼初无此言，是必怨仇者为之。藉令有之，若以叛卒之故断都转运使头，此后政令何由得行？"上意乃解。昷之落职知虢州。

王逵者，屯田郎中李昷仆夫也。事昷久，亲信之。既而去昷应募兵，以选入捧日军，凡十余年。会昷以子学妖术妄言事，父子械系御史台狱。上怒甚，治狱方急，昷平生亲友，无一人敢饷问之者，逵日夕守台门不离，给饮食、候信问者四十余日。昷坐贬南恩州别驾，仍即时监防出城，诸子皆流岭外。逵追哭送之，防者遏之，逵曰："我主人也，岂得不送之乎？"昷河朔人，不习岭南水土，其从者皆辞去，曰："某不能从君之死乡也。"数日，昷感恚自死，旁无家人，逵使母守其尸，出为之治丧事，朝夕哭如亲父子，见者皆为流涕。殡于城南佛舍然后去。呜呼！逵，贱隶也，非知有古忠臣烈士之行，又非矫迹求名以取禄仕也，独能出于天性至诚，不顾罪戾，以救其故主之急，始终无倦如此，岂不贤哉！嗟乎！彼所得于昷，不过一饭一衣而已，今世之士大夫，因人之力，或致位公卿，已而故人临不测之患，屏手侧足，庂目窥之，犹惧其祸之将及己也，若畏猛犬，远避去之，或从而挤之以自脱，敢望其优恤振救耶？彼虽巍然衣冠类君子哉，稽其行事，则此仆夫必羞之。

王景曰：晋盐之利，唐氏以来可以半天下之赋。神功以此法令严峻，民不敢乱煮炼，官盐大售。真庙以降，缓刑罚，宽聚敛，私盐多，官利日耗。章献时，景为选人，始建通商之策，大臣陈尧咨等多谓不便。章献力欲行之，廷谓大臣曰："闻外多苦恶盐，信否？"对曰："惟御膳及宫中盐善耳，外间皆是土盐。"章献曰："不然。御膳亦多土盐，不可食。欲为通商，则何如？"大臣皆以为："必如是，县官所耗，失利甚多。"章献曰："虽弃数千万之耗，何害？"大臣乃不敢复言。于是命盛度与三司详定，卒行其法。诏下，各郡之民皆作感圣恩斋。庆历初，范杰复建议："官自运盐，于诸州卖之。"八年，范祥又请："令民入钱于边，给钞请盐。"朝廷从之，擢祥为陕西提刑。

又曰：太宗初筑塘泊，非以限幽蓟之民，盖欲断虏入寇之路，使出一涂，见易制耳。及杨怀敏为水则，乃言可以限绝北胡，堤塞其北而稍注水益之，漫衍而南，侵溺民田，无有限极。其间不合处又三十四里，而图画密相。比以朝廷有澶渊之役，胡自梁门、遂城之间，积薪土为甬道而来，曾不留行。又况冰冻，汲自西山或不合处过，足以明其无益矣。去岁河决商胡，河朔水灾所以甚于往前者，以河流入塘泊，堰有缺处，怀敏补之，水不能北流则愈南侵也。

梁寔曰：杜杞在广南，诱宜州蛮数十人，饮以曼陀罗酒，醉而杀之。以书诧于寔父，自比马援，曰："此不足以为吾功，力能办西北，顾未得施耳。"时言事者争言杞为国家行不信于蛮夷，获小忘大。朝廷诘杞之所杀蛮数，为即洞中诛之耶？以金帛召致耶？杞不能对。亦有阴为之助者，故得不坐。然杞自虞部员外郎数年位至两制。

孙奭字宗古，博平人。幼好学，博通书传，善讲说。太宗端拱中九经及第，再调大理评事，充国子监直讲。太宗幸国子监，诏奭说《尚书·说命》三篇。奭年少位下，然音读详明，帝称善，因叹曰："天以良弼赉商，朕独不耶？"因以切励辅臣，赐奭绯章服。累迁都官员外郎，侍诸王讲,赐紫章服。真宗即位,令中书门下谕奭欲任以他官,奭对不敢辞,乃罢诸王侍讲。顷之,自职方员外郎除工部郎中,充龙图待制。会真宗幸亳州,谒太清宫,奭上言切谏,真宗不纳,遂为《解疑论》以示群臣。俄知密州,转左谏议大夫、知河阳,还为给事中。奭以父年九十,乞解官侍养,诏知兖州。上即位,召还,以工部侍郎为翰林侍讲学士,预修先朝实录,丁父忧,起复旧官,久之,改兵部侍郎兼龙图阁学士。奭每上前说经,及乱君亡国之事,反覆申绎,未尝避讳,因以规讽。又掇五经切治道者,为五十篇,号《经典徽言》,上之。画《无逸》为图,乞施便坐,为观鉴之助。时章献明肃皇太后每五日一御殿,与上同听政,奭因言:"古帝王早暮见,未有旷日不朝,陛下宜每日御殿,以览万几。"奏留中不报。上与太后雅爱重之,每进见,常加礼。久之,上表致仕,上与太后御承明殿委曲致谕,不听所请。因诏与龙图阁学士冯元讲《老子》三章,礼部尚书晏殊进读唐史,各赐帛二百匹。改工部尚书、知兖州,侍宴太清楼,近臣皆预。俄出御飞白书赐群臣,中书门下、枢密院大字一轴,诸学士以下小字各二轴,惟奭与太子少傅致仕晁迥大小兼赐焉,并诏群臣赋诗。翌日,奭入谢承明殿,上令讲《老子》三章,赐袭衣、金带、银鞍勒马。及行,赐宴于瑞圣园,上赋诗饯行,并召近臣赋诗,士大夫以为荣。初耤恩,改礼部侍郎。是岁,累表乞致仕。病甚,戒其子不纳婢妾,曰:"无令我死妇人之手。"年七十有四,谥曰宣。奭举动方重,议论有根柢,不肯诡随雷同。真宗已封禅,符瑞屡降,群臣皆歌诵盛德,独奭正言谏诤,毅然有古人风采。又定著《论语》、《尔雅》、《孝经》正义,请以孟轲书镂板,复郑氏所注《月令》。初,五郊,从祀不设席,尊不施幂,七祠时飨,饮福用一尊,不设三登,登歌不《雍》彻,冬至摄祀昊天上帝,外级止十七位。享先农,在祈谷之前。上丁释奠无三献,宗庙不备二舞。奭皆言其谬阙,并从增改云。又建言礼家六天帝,止是天之六名,实则一帝。今位号重复,不合典礼。冬至宜罢五帝,雩祀设五帝,不设昊天帝位。乞与群臣议,不行。撰《崇祀录》、《乐记图》、《五经节解》、《五服年月》,传于时。三子:瑶,虞部员外郎;琪,卫尉寺丞,早卒;瑜,殿中丞。

　伯京曰:冯元、孙奭俱以儒素称。冯进士,奭诸科及第。奭数上疏直谏。真宗末，侍东宫。天圣初，皆为侍读学士。十年，奭因请老，诏不许，奭请不已，乃迁礼部尚书、知兖州，上宴太清楼下以饯之。又诏两制、三馆饯于秘阁。奭已辞，亟行，诏追饯席于瑞圣园。先是，言两制者，中丞不预，王时为中丞，耻之，曰："朝廷盛事也，吾不可以不预。"上疏请行，诏许之。上又赐御书以宠之。卒于兖州。元性微吝，判国子监，公宴日，以其家所赐酒充事，而取直以归，人以此少之。无子，死之日，家资巨万。

子高曰：故事，直学士以上皆服金带。孙奭羸老，不胜其重，诏特听服犀带而赐金带。

张景晦之曰：十一月，夏虏寇承平砦，都辖许怀德却之，寇曰："来月见延州城下。"范雍惧，请济师。十二月，以甲五千来，留半月，寇无闻。正月初，还屯华沼，寇又声言由保安来。怀德壁承平，部署石元孙、钤辖黄德和屯保安以御之。李奠骄贪，士愤之。十七日，寇声言取金明砦，奠甲以俟，逮亥不至，释而寝。十八日四鼓，寇奄至，士叛，俘奠骋入延。十九日，寇及城下。先是，雍闻寇且至，亟呼刘平，平至自华沼赴难。会大雪，平兼行过保安，元孙、德和以其甲巡，夕宿白巾，未知寇及郭。二十日五鼓，平合吏议进师，裨将郭遵曰："吾未识寇深浅而瞀进，必败。请先止此，侦而进。"平叱曰："竖子骁决，乃尔怯沮吾军！"遂呼马乘去。士未遍食，践雪行数十里。寇伪为雍使，督进，且曰："寇已至，道隘，宜单骑引众。"平信之，遂进屯五龙川，据高自守。二十一日，寇以羸兵先犯之，遵陷阵搏战，俘馘而返。已而再至，平军少利。比晚复至，为两翼以掩之。德和乃以数千人南遁，平军遂败，寇围而薙之，遵等死。二十二日旦，呼元孙以残甲数千自固。夜四鼓，贼环营呼曰："如许残兵，不降何待！"平旦，贼骑自山四出，绝官军为二，平与元孙俱被执。平不复食，没于兴州。雍以实状闻，乃斫德和腰，赏平、元孙家。初，雍辟计用章自副，延州被贼围，雍召用章，问计，对曰："惟有死尔，尚何言！"会其夜雪大作，贼撤城下兵去，用章以曾劝雍弃延州，诏杖流，雍迁知安州。

又曰：十月一日，沿边部署葛怀敏、钤辖李知和以甲七万出屯瓦亭，裨将刘贺以胡三万从行。留且半月，寇攻平定，平定守郭固、镇戎守曹英皆来请援。十三日,进屯镇戎,李知和善郭固,请救之,怀敏未应。知和请暨英先进,曰:"君禄盈库,今能偷安,我不能也。"十五日,遂以甲进。寇以羸牿饵,知和告胜相继,军中心跃。十七日,知和过平定十里,为寇所窘,来告,怀敏遂以大军赴之。适至平定,知和已败还。军中扰寇继至,赵珣以数千骑旁出,欲邀之,寇乃退。自是,寇每夕出军后呼噪,军中闭声灭火,旦辄敛去。粮道绝,军馁十日。怀敏诸将皆欲还走,珣曰:"来涂寇必有伏,若由笼竿往彼无险,且非所意。"自昏议至四鼓,不决,珣愤,欲斫指,众解之,因罢。比明,中军已行,众从之。寇蹑其后,为方阵而行。及定川,寇分为二道,自两旁截之,军绝为三。中军歼,前军脱者十二三,后军自笼竿,尽免。

西鄙用兵,许公当国,增兵四十万。及文公为相,庞公为枢密使,减陕西保捷八万。

侬智高破岭南十四州,狄青平之。

文公罢三蕃接伴,不使侵扰河北,虏使大悦。

赵抃上言,陈相不学无术,温成葬多过制度,翰林学士顿置七员。措置颠倒,刘湜自江宁移广州不改待制,向传式自南京移江南迁龙直;吴充、鞠真卿按举礼生代置事,礼生赎铜,充、真卿出知军。引用邪佞,崔峄非次除给事中,峄治执中狱依违,以酬私恩。寄壻人于周豫之家,举豫为馆职。私仇嫌隙,邵必知常州议决徒刑,既自举觉,又更赦宥,去官迁官,执中以宿嫌,自开封府推官降充邵武军监当。汀州石民英勘入使臣赃罪,决配广南牢城,本家诉雪,悉是虚枉,只降民英差遣。排斥良善,吕景初、马遵、吴中复弹奏梁适,既得罪,冯京言吴充、鞠真卿无罪,充等寻押出门,京亦然。很愎任情,迎儿方年十三,用嬖人张氏之言,累行笞挞,穷冬髁缚,绝其饭食,幽囚至死。海棠为张氏所捶,遍身疮痕,自缢而死。又一女仆,髡发,自缢而死。一月之内,三事继发。前后所发,亦闻不少。家声狼籍,帷簿浑淆,信任胥吏,贵族宗姻,不免饥寒。招延卜祝执中之门未尝礼一贤才,所与语者,苗达、刘抃、刘希叟之徒,所预坐者,普元、李贤宁、程惟象之辈。处台鼎之重,测候灾变,意将奚为?等八事。

卷五

明道二年四月己未，吕夷简罢为武胜军节度使、同平章事、判陈州。上与吕夷简谋，以夏竦等皆庄献太后之党，悉罢之。退告郭后，郭后曰："夷简独不附太后耶？但多机巧，善应变耳。"由是并夷简罢之。是日，夷简押班，闻唱其名，大骇，不知其故。夷简素与内侍副都知阎文应相结，使为中诇，久之，乃知事由郭后。

十月戊午，张士逊罢，吕夷简复入相。上以张士逊等在相位多不称职，复思吕夷简。会上庄献太后谥，还，过枢密使杨崇勋饮酒，致班慰失时。罢士逊为左仆射，崇勋河阳节度使、同平章事，复以夷简为门下侍郎兼吏部尚书、平章事。

初，庄献太后称制，郭后恃太后势，颇骄横，后宫多为太后所禁遏，不得进。太后崩，上始得自纵。适美人尚氏、杨氏尤得幸，尚氏父自所由除殿直，赏赐无算，恩宠倾京师。郭后妒，屡与之忿争。尚氏尝于上前有侵后不逊语，后不胜忿，起批其颊，上自起救之，后误批上颊，上大怒。阎文应劝上以爪痕示执政大臣而谋之，上以示吕夷简，且告之故，夷简因密劝上废后。上疑之，夷简曰："光武，汉之明主也，郭后止以怨怼坐废，况伤乘舆乎！废之，未损圣德。"上未许，外人籍籍，颇有闻之者。左司谏、秘阁校理范仲淹因登对极陈其不可，且曰："宜早息此议，不可使有闻于外也。"夷简将废后，奏请敕有司无得受台谏章奏。十二月乙卯，称皇后请入道，赐号"净妃"，居别宫。右谏议大夫、权御史中丞孔道辅怪阁门不受章奏，遣吏诇之，始知其事未降诏书。丙辰，与范仲淹帅诸台谏诣阁门请对，阁门不为奏。道辅欲自宣祐门入趋内东门，宣祐监宦者阖扉拒之。道辅拊门铜环大呼曰："皇后被废，奈何不听我曹入谏？"宦者奏之，须臾，有旨"令台谏欲有所言，宜诣中书附奏"。道辅等悉诣中书，论辩喧哗。夷简曰："废后自有典故。"仲淹曰："相公不过引汉光武劝上耳。此汉光武失德，又何足法耶？其余废后，皆昏君所为。主上躬尧、舜之资，而相公更劝之效昏君所为乎?"夷简拱立,曰:"兹事明日请君更自登对力陈之。"道辅等退,夷简即为敕状,贬出道辅等。故事,中丞罢,须有告词。至是,直以敕除之。道辅等始还家,敕寻至,遣人押出城。

十一月戊子,故后郭氏薨。后之获罪也,上直以一时之忿,且为吕夷简、阎文应所谮,故废之。既而悔之。后出居瑶华宫,章惠太后亦逐杨、尚二美人,而立曹后。久之,上游后园,见郭后故肩舆,凄然伤之,作《庆金枝》词,遣小黄门赐之,且曰:"当复召汝。"夷简、文应闻之,大惧。会后有小疾,文应使医官故以药发其疾。疾甚,未绝,文应以不救闻,遽以棺敛之。王伯庸时为谏官,上言:"郭后未卒,数日先具棺器,请推按其起居状。"上不从,但以后礼葬于佛舍而已。

始平公自郓徙并,过京师,谒上。时上特用文、富为相,以为得人,谓公曰:"朕新用二相,如何?"公曰:"二臣皆朝廷高选,陛下拔而用之,甚副天下之望。"上曰:"诚如卿言。文彦博犹多私,至于富弼,万口同词,皆曰贤相也。"始平公曰:"文彦博,臣顷与之同在中书,详知其所为,实无所私,但恶之者毁之耳。况前者被谤而出,今当愈畏慎矣。富弼顷为枢密院副使,未执大政,朝士大夫有与之为恩者,故交口誉之,冀其进用,而己有所利焉。若富弼,以陛下之爵禄树私恩,则非忠臣,何足贤也! 若一以公议概之,则向之誉者将转为谤矣。此陛下所宜深察也。且陛下既知二臣之贤而用之,则当信之坚,任之久,然后可以责成功。若以一人之言进之,未几又以一人之言疑之,臣恐太平之功未易可致也。"上曰:"卿言是也。"

庆历四年三月癸亥朔,丁卯,上曰:"杨安国、赵师民皆醇儒,乃昔时遵度之比,久侍经筵,各宜进职。"于是安国加直龙图阁,仍赐紫,又以安国新除母服,家贫,赐金百两。师民充天章阁侍读,仍赐绯。

吕许公疾病,仁宗剪髭为药以赐之,又手诏以问群臣可任两府者,其亲遇如此。

文公为相,庞公为枢密使,以国用不足,同议省兵。于是拣放为民者六万余人,减其衣粮之半者二万余人。众议纷然,以为不可,施昌言、李昭亮尤甚,皆言:"衣食于官久,不愿为农,又皆习弓刀,一旦散之闾阎,必皆为盗贼。"上亦疑之,以问二公,二公曰:"今公私困竭,上下皇皇，其故非他，正由蓄养冗兵太多故也。今不省去，无由苏息。万一果有聚为盗贼者，二臣请以死当之。"既而，昭亮又奏："兵人拣放所以如是多者，大抵皆缩颈曲胸，诈为短小，以欺官司耳。"公乃言："兵人苟不乐归农，何为诈欺如此？"上意乃决。边储由是稍苏。后数年，王德用为枢密使，许怀德为殿前都指挥使，复奏选厢军以补禁军，增数万人。

狄青既破侬智高，平邕州，上甚喜，欲以为枢密使、同平章事。宰相庞籍曰："昔太祖时，慕容延钊将兵，一举得荆南、湖南之地，方数千里，兵不血刃，不过迁官、加爵邑赐金帛，不用为枢密使也。曹彬平江南李煜，欲求使相，太祖不与，曰：'今西有河东，北有幽州，汝为使相，那肯复为朕死战耶？'赐钱二十万贯而已。祖宗重名器如山岳，轻金帛如粪壤，此陛下所当法。今青奉陛下威灵，殄戮凶丑，克称圣心，诚可褒赏，然方于延钊与彬之功，则不逮远矣。若遂用为枢密使、同平章事，则青名位极矣。寇盗之警，不可前知，万一他日青更立大功，欲以何官赏之哉？且枢密使高若讷无过，若之何罢之？不若且为之移镇，加检校官，赐之金帛，亦足以酬青之功矣。"上曰："向者谏官御史言，若讷举胡恢书石经，恢狂险无行；又若讷前导者殴人致死，可谓无过乎？"庞公曰："今之庶僚举选人充京官，未迁官者犹不坐，况若讷大臣，举恢以本官书石经，未尝有所迁也，奈何以此解其枢务哉？若讷居马上，前导去之里余，不幸殴人至死，若讷寻执之以付开封正其法，若讷何罪哉？且里官御史上言之时，陛下既已赦若讷不问矣，今乃追举以为罪，无乃不可乎？"参知政事梁适曰："王则止据贝州一城，文彦博攻而拔之，还为宰相；侬智高扰乱广南两路，青讨平之，为枢密使何足为过哉？"籍曰："贝州之赏，当时论者已嫌其太重，然彦博为参知政事，若宰相有缺，次补亦当为之，况有功乎？又国朝文臣为宰相，出入无常，武臣为枢密使，非有大罪，不可罢也。且臣不欲使青为枢密使者，非徒为国家惜名器，亦欲保全青之功耳。青起于行伍，骤擢为枢密副使，中外汹汹，以为朝廷未有此比。今青立大功，言者方息，若又赏之太过，是复召众言也。"争之累日，上乃从之，曰："然则更与其诸子官，何如？"籍曰："昔卫青有功，四子皆封侯，此固有前世之比，无伤也。"于是以青为护国军节度使、河中尹,加检校太傅,诸子皆超迁数官,赏赐金帛甚厚。后数月,两府奏事,上顾籍笑曰:"卿前日商量除狄青官,深合事宜,可谓深远之虑矣。"是时,适意以若讷为枢密使,位在己上,宰相有缺,若讷当次补。青武臣,虽为枢密使,不妨己涂辙,故于上前争之。既不能得,退甚不怿,乃密为奏,言狄青功大,赏之太薄,无以劝后;又密令人以上前之语告青,又使人语内侍省押班石全斌,使于禁中自讼其功,及言与孙沔褒赏太薄,许为外助。上既日日闻之,不能无信。顷之,上忽对两府谓籍曰:"平南之功,前日赏之太薄,今以狄青为枢密使,孙沔为枢密副使,石全斌先给观察使俸,更候一年,除观察使,高若讷优迁一官,加迁上学士,置之经筵。"又言张尧佐亦除宣徽使,声色俱厉。籍错愕,对曰:"容臣等退至中书商议,明日再奏。"上曰:"勿往中书,只于殿门阁内议之,朕坐于此以候之也。"若讷时为户部侍郎,籍乃与同列议于阁内,以若讷为尚书左丞,加观文殿学士兼侍读,其余皆如圣旨。入奏之,上容色乃和,遂下诏行之。

始平公自定州归朝,既入见,退诣中书,白执政以求致仕。执政曰:"康宁如是,又主上意方厚,而求去如此之坚,何也?"始平公曰:"若待筋力不支、人主厌弃然后去,乃不得已也,岂得为止足哉?"因退归私第,坚卧不起。自青州至是三年,凡七上表,其札子不可胜数,朝廷乃许之,以太保致仕。是时论者皆谓公精力充壮,未必肯决去,至是乃服。

嘉祐元年正月甲寅朔,上御大庆殿,立仗朝会。前夕,大雪,至压宫架折。上在禁庭,跣祷于天。及旦霁,百官就列。既卷帘,上暴感风眩,冠冕欹侧,左右复下帘。或以指抉上口出涎,乃小愈,复卷帘,趣行礼而罢。戊午,宴契丹使者于紫宸殿,平章事文彦博奉觞诣御榻上寿,上顾曰:"不乐耶?"彦博知上有疾,猝愕无以对。然尚能终宴。己未,契丹使者入辞,置酒紫宸殿,使者入至庭中,上疾呼曰:"趣召使者升殿,朕几不相见!"语言无次。左右知上疾作,遽扶入禁中。文彦博遣人以上旨谕契丹使者,云昨夕宫中饮酒过多,今不能亲临宴,遣大臣就驿赐宴,仍授国书。彦博与两府俟于殿阁,久之,召内侍都知史志聪、邓保吉等,问上至禁中起居状,志聪对以禁中事严密,不敢泄。彦博怒，叱之曰："主上暴得疾，系社稷之安危，尔曹出入禁闼，不令宰相知天子起居，欲何为耶？自今疾势增损，必一一见白！"仍命直省官引至中书，取军令状。志聪等素谨愿，及夕，诸宫门白下锁，志聪曰："汝曹自白宰相，我不任受其军令。"庚申，两府诣东阁小殿门起居。上自禁中大呼而出曰："皇后与张茂则谋大逆！"语极纷错。宫人扶侍者皆随上而出，谓宰相曰："相公且为天子肆赦消灾。"两府退，始议下赦。茂则，内侍也，上素不喜，闻上语即自缢，左右救解，得不死。文彦博召茂则责之曰："天子有疾，谵言耳，汝何遽如是？汝若死，使中宫何所自容耶？"令常侍上左右，毋得辄离。曹后以是亦不敢辄近上左右。诸女皆幼，福康公主最长，时已病心，初不知上之有疾，更无至亲在上侧者，惟十阁宫人侍奉而已。上既不能省事，两府但相与议定，称诏行之。两府谋以上躬不宁，欲留宿宫中而无名。辛酉，文彦博建议设醮祈福于大庆殿，两府昼夜焚香，设幄宿于殿之西庑。史志聪等曰："故事，两府无留宿殿中者。"彦博曰："今何论故事也？"壬戌，上疾小间，暂出御崇政殿以安众心。癸亥，赐在京诸军特支钱。两府求请诣寝殿见上，史志聪等难之，平章事富弼责之，志聪等不敢违。是日，两府始入福宁殿卧内奏事，两制近臣日诣内东门起居，百官五日一入。甲子，赦天下。知开封府王素夜叩宫门，求见执政白事。文彦博曰："此际宫门何可夜开？"诘旦，素入白有禁卒告都虞候欲为变者，执政欲收捕按治，彦博曰："如此，则张皇惊众。"乃召殿前都指挥使许怀德问之曰："都虞候某甲者，何如人？"怀德曰："在军职中最为谨良。"彦博曰："可保乎？"曰："可保。"彦博曰："然则此卒有怨于彼，诬之耳。当亟诛之以靖众。"众以为然。彦博乃请平章事刘沆判状尾，斩于军门。及上疾愈，沆谮彦博于上曰："陛下违豫时，彦博擅斩告反者。"彦博以沆判呈上，上意乃解。先是，富弼用朝士李仲昌策，自澶州商胡河穿六漯渠，入横陇故道。北京留守贾昌朝素恶弼，阴结内侍右班副都知武继隆，令司天官二人候两府聚处，于大庆殿庭执状抗言："国家不当穿河于北方，致上体不安。"文彦博知其意有所在，顾未有以制也。后数日，二人又上言请皇后同听政，亦继隆所教也。史志聪等以其状白宰执，彦博视而怀之，不以示同列，同列问，不以告。

既而,召二人而语曰:"汝今日有所言乎?"对曰:"然。"彦博曰:"天文变异,汝职所当言也,何得辄预国家大事?汝罪当族!"二人惧,色变,彦博曰:"观汝直狂愚耳,未欲治汝罪,自今无得复尔!"二人退,彦博乃以状示同列,同列皆愤怒曰:"奴敢尔妄言,何不斩之!"彦博曰:"斩之则事彰灼,中宫不安。"众皆曰:"善。"既而,议遣司天官定六漯于京师方位,彦博复遣二人往,武继隆白请留之,彦博曰:"彼不敢辄妄言,有人教之耳。"继隆默不敢对。二人至六漯,恐治前罪,乃更言六漯在东北,非正北,无害也。戊辰以后,上神思寝清宁,然终不语,群臣奏事,大抵首肯而已。壬申,罢醮,两府始分番归第,不归者各宿其二府。二月癸未朔,甲申,诏惟两府近臣候问于内东门,余悉罢之。甲辰,上始御延和殿,自省府官以上及宗室皆入参。丙午,百官奏贺康复。

贡父曰:章献刘后本蜀人,善播鼗,蜀人宫美携之入京。美以锻银为业,时真宗为皇太子,尹开封,美因锻得见。太子语之曰:"蜀妇人多才慧,汝为我求一蜀姬。"美因纳后于太子,见之,大悦,宠幸专房。太子乳母恶之。太宗尝问乳母:"太子近日容貌瘦瘠,左右有何人?"乳母以后对,上命去之。太子不得已,置于殿侍张耆之家。耆避嫌,遂不敢下直。未几,太宗宴驾,太子即帝位,复召入宫。

刘贡父曰:真宗将立刘后,参知政事赵安仁以为刘后寒微,不可以母天下,不如沈德妃出于相门。上虽不乐,而以其守正,无以罪也。他日,上从容与王冀公论方今大臣谁最为长者,冀公欲挤安仁,乃誉之曰:"无若赵安仁。"上曰:"何以言之。"冀公曰:"安仁昔为故相沈义伦所知,至今不忘旧德,常欲报之。"上默然。明日,安仁遂致政事。

王旦太尉荐寇莱公为相,莱公数短太尉于上前,而太尉专称其长。上一日谓太尉曰:"卿虽称其美,彼专谈卿恶。"太尉曰:"理固当然。臣在相位久,政事阙失必多。准对陛下无所隐,益见其忠直,此臣所以重准也。"上由是益贤太尉。初,莱公在藩镇,尝因生日构山棚大宴,又服用僭侈,为人所奏。上怒甚,谓太尉曰:"寇准每事欲效朕,可乎?"太尉徐对曰:"准诚贤能,无如骄何!"上意遽解,曰:"然。此止是骄耳。"遂不问。及太尉疾亟,上问以后事,惟对以早宜召寇准为

相。_{袁默云。}

钱资元曰：真宗末，王冀公每奏事，或怀数奏，出其一二，其余皆匿之。既退，以己意称圣旨行之。尝与马知节俱奏事上前，冀公将退，知节目之曰："怀中奏何不尽出之?"

张乖崖常言："使寇公治蜀，未必如詠；至如澶渊一掷，詠不敢为也。"深叹服之。_{富公云。}

邢惇，雍丘人，以学术称乡曲，家居不仕。真宗末，以布衣召对，问以治道，惇不对。上问其故，惇曰："陛下东封西祀，皆已毕矣，臣复何言?"上因除试四门助教，遣归。惇衣服居处，一如平日，乡人不觉其有官也。既卒，人乃见其敕与废纸同束屋梁间。_{滕元发云。}

卷六

　　冯拯，河南人，其父为赵韩王守第舍。拯年少时，韩王见之，问此为谁，其父对曰："某男也。"韩王奇其状貌，曰："此子何不使之读书？"其父遂使之就学。数年，举进士，韩王为之延誉，遂及第。太宗时，拯上言请立太子，太宗怒，谪之岭南。久之，以右正言通判广州事。其同官为太常博士，署位常在拯下。寇莱公素恶拯，会覃恩，拯迁虞部员外郎，其同官迁屯田员外郎。以拯素刚，让居其下，莱公见奏状，怒，下书诘之，曰："虞部署位乃在屯田之上，于法何据？趣以状对。"于是拯密奏言："寇准以私憾专抑挫臣，吕端畏怯，不敢与争，张洎又准所引用，朝廷之事，一决于准，威福自任，纵恣不公，皆如此。"比上看章奏，大怒，莱公由是出知襄州。上又责让吕端、张洎，二人皆顿首曰："准在中书，臣等备员而已。"真宗即位，拯遂被用至宰相。今上即位，发丁朱崖罪，窜之南荒，拯之力也。拯无文学，而性伉直，自奉养奢靡，官至侍郎。聂之美云。

　　种放以处士召见，拜谏官，真宗待以殊礼，名动海内。后谒归终南山，恃恩骄倨甚。王嗣宗时知长安，见通判以下群拜谒，放小俯垂手接之而已，嗣宗内不平。放召其诸侄至，出拜嗣宗，嗣宗坐受之。放怒，嗣宗曰："向者通判以下拜君，君扶之而已，此白丁耳，嗣宗状元及第，名位不轻，胡为不得坐受其拜？"放曰："君以手搏得状元耳，何足道也！"嗣宗怒，遂上疏言："放实空疏，才识无以逾人，专饰诈巧，盗虚名。陛下尊礼放，擢为显官，臣恐天下窃笑，益长浇伪之风。且陛下召魏野，野闭门避匿，而放阴结权贵以自荐达。"因抉摘言放阴事数条。上虽两不之问，而待放之意寝衰。齐州进士李冠尝献嗣宗诗曰："终南处士声名灭，邠土妖狐窟穴空。"

　　王嗣宗不信鬼神，疾病，家人为之焚纸钱祈祷，嗣宗闻之，笑曰："何等鬼神，敢问王嗣宗取枉法赃耶？"魏舜卿云。

　　嗣宗性忌刻，多与人相连。世传嗣宗有恩仇簿，已报者则勾之。

晚年交游，皆入仇簿。宋次道云。

林特本广南摄官，以勤为吏职，又善以辞色承上接下，官至尚书三司使、修昭应宫副使。是时，丁朱崖为修宫使，特一日三见，亦三拜之。与吏卒语，皆煦煦抚慰之，由是人皆乐为尽力，事无不齐集。精力过人，常通夕坐而假寝，未尝解衣就枕。郝元规云。

周王，母章穆皇后也，真宗在藩邸时生。景德中，从幸永安，还，得疾，薨，时年十岁许。章穆悲感成疾，明年亦崩。宋次道云。

李允则知雄州十八年。初，朝廷与契丹和亲，约不修河北城隍，允则欲展州城，乃置银器五百两于城北神祠中。或曰："城北孤迥，请多以人守之。"允则不许。数月，契丹数十骑盗取之，允则大怒，移牒涿州捕贼，因且急筑其城。契丹内惭，不敢止也。允则为长吏，于市中下马往富民家，军营与妇女笑语无所间，然富民犯罪未尝稍宽假。契丹中机密事，动息皆知之，当时边臣无有及者。董沔云。

真宗不豫，寇莱公与内侍省都知周怀政密言于上，请传位皇太子，上自称太上皇，上许之，自皇后以下皆不豫知，既而月余无所闻。二月二日，上幸后苑，命后宫挑生菜，左右皆散去。怀政伺上独处，密怀小刀至上所，涕泣言曰："臣前言社稷大计，陛下已许臣等，而月余不决，何也？臣请剖心以明忠款。"因以刀划其胸，僵仆于地，流血淋漓。上大惊，因是疾复作，左右扶舆入禁中。皇后命收怀政下狱，按问其状。又于宫中索得莱公奏言传位事，乃命亲军校杨崇勋密告云："寇准、周怀政等谋废上、立太子。"遂馆诛怀政而贬莱公。

寇莱公之贬雷州也，丁晋公遣中使赍敕往授之，以锦囊贮剑，揭于马前。既至，莱公方与郡官宴饮，驿吏言状，莱公遣郡官出迎之。中使避不见，入传舍中，久不出。问其所以来之故，不答。上下皆惶恐，不知所为。莱公神色自若，使人谓之曰："朝廷若赐准死，愿见敕书。"中使不得已，乃以敕示之。莱公乃从录事参军借绿衫著之，短才至膝，拜受敕于庭，升阶复宴饮，至暮而罢。

真宗晚年不豫，尝对宰相盛怒曰："昨夜皇后以下皆云刘氏独置朕于宫中。"众知上眊乱误言，皆不应。李迪曰："果如是，何不以法治之？"良久，上悟，曰："无是事也。"章献在幄下闻之，由是恶迪。初，自给事中、参知政事除工部尚书、平章事,既而贬官,十余年,历诸侍郎,景祐初,复以工部侍郎即入相。陆子履云。

　　胡顺之为浮梁县令,民臧有金者,素豪横,不肯出租,畜犬数十头,里正近其门辄噬之。绕垣密植橘柚,人不可入。每岁里正常代之输租,前县令不肯禁。顺之至官,里正白其事,顺之怒曰:“汝辈嫉其富,欲使之为仇耳。安有王民不肯输租者耶?第往督之。”及期,里正白不能督,顺之乃使快手继之,又白不能。又使押司录事继之,又白不能。顺之怅然曰:“然则此租必使令自督耶?”乃令里正聚稿,自抵其居,以稿塞门而焚之。臧氏人皆逃逸,顺之悉令掩捕,驱至县,其家男子年十六以上尽痛杖之。乃召谓曰:“胡顺之无道,既焚尔宅,又杖尔父子兄弟,尔可速诣府自诉矣。”臧氏皆慑服,无敢诣府者。自是臧氏租常为一县先。府常遣教练使诣县,顺之闻之,曰:“是固欲来烦扰我也。”乃微使人随之,阴记其入驿舍及受驿吏供给之物。既至,入谒,色甚倨,顺之延与坐,徐谓曰:“教练何官耶?”曰:“本州职员耳。”曰:“应入驿乎?”教练使踧踖曰:“道中无邸店,暂止驿中耳。”又曰:“应受驿吏供给乎?”曰:“道中无刍粮,故受之。”又曰:“应与命官坐乎?”教练使乃趋下谢罪。顺之乃收械系狱,置暗室中,以粪环其侧。教练使不胜其苦,因顺之过狱,呼曰:“令何不问我罪?”顺之笑谢曰:“教练幸勿讶也,今方多事,未暇论也。”系十日,然后杖之二十,教练使不服,曰:“我,职员也,有罪当受杖于州。”顺之笑曰:“教练使久为职员,殊不知法,杖罪不送州也?”卒杖之。自是府吏无敢扰县者。州虽恶之,然亦不能罪也。后为青州幕僚,发麻氏罪,破其家,皆顺之之力也。真宗闻其名,召至京师,除著作佐郎、洪州金判。顺之为人深刻无恩,至洪州,未几,病目,恶明,常以物帛苞封乃能出,若日光所烁,则惨痛彻骨。由是去官,家于洪州,专以无赖把持长短,凭陵细民,殖产至富。后以覃恩迁秘书丞,又上言得失。章献太后临朝,特迁太常博士,又以覃恩迁屯田员外,卒于洪州。顺之进士及第,颇善属文。冯广渊云。

　　青州临淄麻氏,其先五代末尝为本州录事参军。节度使广纳货赂,皆令麻氏主之,积至巨万。既而节度使被召赴阙,不及取而卒,麻氏尽有其财，由是富冠四方。真宗景德初，契丹寇澶渊，其游兵至临淄，麻氏率壮夫千余人据堡自守，乡里赖之全济者甚众。至今基址尚存，谓之麻氏寨。兵退，麻氏敛器械尽输官，留十二三以卫其家。麻温舒兄弟皆举进士，馆阁美官。家既富饶，宗族横于齐。有孤侄懦弱，麻氏家长恐分其财，幽饿杀之。事觉，姜遵为转运使，欲树名声，因索其家，获兵器及玉图书小印，因奏麻氏大富，纵横临淄，齐人慑服，私畜兵，刻玉宝，将图不轨。于是麻氏或死或流，子孙有官者皆贬夺，籍没家财，不可胜纪。麻氏由是遂衰。孟翱云。

真宗时，京师民家子有与人斗者，其母追而呼之，不止，母颠踬而死。会疏决，法官处其罪当笞。上曰："母呼不止，违犯教令，当徒二年，何谓笞也？"群臣无不惊服。张锡云。

永兴军上言朱能得天书，真宗自拜迎入宫。孙奭知河阳，上疏切谏，以为天且无言，安得有书？天下皆知朱能所为，惟上一人不知耳。乞斩朱能以谢天下。其辞有云："得来惟自于朱能，崇信只闻于陛下。"其质直如此，上亦不责。顷之，朱能果败。

真宗将西祀，龙图阁待制孙奭上疏切谏，以为西祀有十不可，陛下不过欲效秦皇、汉武刻石诵德，夸耀后世耳。其辞有云："昔秦多徭役，而刘、项起于徒中；唐不恤民，而黄巢因于饥岁。今陛下好行幸，数赋敛，安知天下无刘、项、黄巢乎？"上乃自制《辨疑论》以解之，仍遣中使慰谕焉。奭子瑜，字叔礼，云："其表千余言，叔礼能口诵之。"予从求其本再三，不肯出也。

景德初，契丹入寇。是时，寇准、毕士安为相，士安以疾留京师，准从车驾幸澶渊。王钦若阴言于上，请幸金陵，以避其锐，陈尧叟请幸蜀。上以问准，时钦若、尧叟在旁，准心知二人所为，阳为不知曰："谁为陛下画此策者？罪可斩也。今虏势凭陵，陛下当率励众心，进前御敌，以卫社稷，奈何欲委弃宗庙，远之楚、蜀耶？且以今日之势，銮舆回辕一步，则四方瓦解，万众云散，虏乘其势，楚、蜀可得至耶？"上悟，乃止。二人由是怨准。

上在澶渊南城，殿前都指挥使高琼固请幸河北，曰："陛下不幸北城，北城百姓如丧考妣。"冯拯在旁呵之曰："高琼何得无礼！"琼怒曰：

"君以文章为二府大臣,今虏将充斥如此,犹责琼无礼,君何不赋一诗以退虏耶?"上乃幸北城,至浮桥,犹驻辇不进,琼以所执梃棰辇夫背,曰:"何不亟行! 今已至此,尚何疑焉?"上乃命进辇。既至,登北城门楼,张黄龙旗,城下将士皆呼万岁,气势百倍。会虏大将挞览中弩死,虏众遂退。他日,上命寇准召琼诣中书,戒之曰:"卿本武臣,勿强学儒士作经书语也。"

寇准从车驾在澶渊,每夕与杨亿痛饮讴歌,谐谑喧哗,常达旦。上使人觇知之,喜曰:"得渠如此,吾何忧矣。"虏兵既退,来求和亲,诏刘仁范往议之,仁范以疾辞,乃命曹利用代之。利用与之约,岁给金缯二十万,虏嫌其少。利用复还奏之,上曰:"百万以下,皆可许也。"利用辞去,准召利用至幄次,与语曰:"虽有敕旨,汝往,所许毋得过三十万,过则勿来见准,准将斩汝!"利用至虏帐,果以三十万成约而还。车驾还自澶渊,毕士安迎于半道,既入京师,士安罢相,寇准代为首相。

上以澶渊之功,待准至厚,群臣无以为比,数称其功,王钦若疾之。久之,数乘间言于上曰:"澶渊之役,准以陛下为孤注,与虏博耳。苟非胜虏,则为虏所胜,非为陛下万全计也。且城下之盟,古人耻之,今虏众悖逆,侵逼畿甸,准为宰相,不能殄灭凶丑,卒为城下之盟以免,又足称乎?"上由是寖疏之。

王旦疾久不愈,上命肩舆入禁中,使其子雍与直省吏扶之,见于延和殿。劳勉数四,因命曰:"卿今疾亟,万一有不讳,使朕以天下之事付之谁乎?"旦谢曰:"知臣莫若君,惟明主择之。"再三问,不对。上曰:"张咏如何?"不对。又曰:"马亮如何?"不对。上曰:"试以卿意言之。"旦强起举笏曰:"以臣之愚,莫若寇准。"上怃然有间,曰:"准性刚褊,卿更思其次。"旦曰:"他人,臣所不知也。臣病困,不任久侍。"遂辞退。旦薨岁余,上卒用准为相。直省吏今尚存,亲为元震言之。前数事皆元震闻其先所言也,震先人为内侍省都知。右皆蓝元震云。

真宗晚年不豫,寇准得罪,丁谓、李迪同为相,以其事进呈,上命除准小处知州。谓退,遂署其纸尾曰:"奉圣旨,除远小处知州。"迪曰:"向者圣旨无'远'字。"谓曰:"与君面奉德音,君欲擅改圣旨以庇准耶?"由是二人斗阋,更相论奏。上命翰林学士钱惟演草制,罢谓政事,惟演遂出迪而留谓。外人先闻其事,制出,无不愕然,上亦不复省也。元震及李子仪云。

真宗时,王文正旦为相,宾客虽满座,无敢以私干之者。既退,旦察其可与言者及素知名者,使吏问其居处。数月之后,召与语,从容久之,询访四方利病,或使疏其所言而献之,观其才之所长,密籍记其名。他日,其人复来,则谢绝不复见也。每有差除,旦先密疏三四人姓名请于上,上所用者,辄以笔点其首,同列皆莫之知。明日,于堂中议其事,同列争欲有所引用,旦曰:"当用某人。"同列争之莫能得。及奏入,未尝不获可。同列虽嫉之,莫能间也。丁谓数毁旦于上,上益亲厚之。

曹玮久在秦州,累章求代。上问旦谁可代玮者,旦荐枢密直学士李及,上即以及知秦州。众议皆谓及虽谨厚有行,非守边之臣,不足以继玮。杨亿以众言告旦,旦不答。及至秦州,将吏心亦轻之。会有屯驻禁兵白昼夺妇人银钗于市中,吏执以闻。及方坐观书,召之使前,略加诘问,其人服罪,及不复下吏,亟命斩之,观书如故。将吏皆惊。不日,声誉达于京师。亿闻之,复见旦,具道其事,谓旦曰:"向者相公初用及,外廷之议谓及不胜其任,及今材器乃如此,信乎,相公知人之明也!"旦笑曰:"外廷之议,何其易得也。夫以禁军戍边,白昼为盗于市,主将斩之,事之常也,乌足以为异政乎?且旦之用及者,其意非为此也。夫以曹玮知秦州七年,羌人慑服,边境之事,玮处之已尽其宜矣。使他人往,必矜其聪明,多所变置,败坏玮之成绩。旦所以用及者,但以及重厚,必能谨守玮之规模而已矣。"亿由是益服旦之识度。张宗益云。

真宗既与契丹议和,王文正旦问于李文靖沆曰:"和议何如?"文靖曰:"善则善矣,然边患既息,恐人主渐生侈心耳。"文正亦未以为然。及真宗晚年,多事巡游,大修宫观,文正乃潜叹曰:"李公可谓有先知之明矣。"傅钦文云。

苏子容曰:王冀公既以城下之盟短寇莱公于真宗,真宗曰:"然则如何可以洗此耻?"冀公曰:"今国家欲以力服契丹,所未能也。戎狄之性，畏天而信鬼神，今不若盛为符瑞，引天命以自重，戎狄闻之，庶几不敢轻中国。"上疑未决，因幸秘阁，见杜镐，问之曰："卿博通坟典，所谓《河图》、《洛书》者，果有之乎？"镐曰："此盖圣人神道设教耳。"上遂决冀公之策，作天书等事。故世言符瑞之事，始于冀公成于杜镐云。晚年，王烧金以幻术宠贵，京师妖妄繁炽，遂有席帽精事，闾里惊扰，严刑禁之乃止。

陈恕为三司使，真宗命具中外钱粮大数以闻，恕诺而不进。久之，上屡趣之，恕终不进。上命执政诘之，恕曰："天子富于春秋，若知府库之充羡，恐生侈心，是以不敢进。"上闻而善之。元忠云。

太宗疾大渐，李太后与宣政使王继恩忌太子英明，阴与参知政事李昌龄、殿前都指挥使李继勋、知制诰胡旦谋立潞王元佐。太宗崩，太后使继恩召宰相吕端，端知有变，锁继恩于阁内，使人守之而入。太后谓曰："宫车已宴驾，立嗣以长，顺也，今将何如？"端曰："先帝立太子，正为今日。今始弃天下，岂可遽违先帝之命，更有异议？"乃迎太子立之。寻以继勋为使相，赴陈州本镇，昌龄为忠武行军司马，继恩为右监门卫将军，均州安置，胡旦除名，流浔州。杨乐道云。

真宗既于大行枢前即位，垂帘引见群臣，宰相吕端于殿下平立不拜，请卷帘，升殿审视，然后降阶，率群臣拜呼万岁。祖择之、郑毅夫云。

真宗尝谓李宗谔曰："闻卿能敦睦宗族，不损家声，朕今保守祖宗基业，亦犹卿之治家也。"

真宗初即位，以工部侍郎郭贽知天雄军，贽辞诉不肯赴职，上不许。贽退，上以问宰相，对曰："近例亦有已拜而复留不行者。"上曰："朕初即位，命贽为大藩而不行，后何以使群臣？"卒遣之。

石熙政知宁州，上言："昨清远军失守，盖朝廷素不留意。"因请兵三五万。真宗曰："西边事，吾未尝敢忘之，盖熙政远不知耳。"周莹等曰："清远失守，将帅不才也，而熙政敢如此不逊，必罪之。"上曰："群臣敢言者亦甚难得，苟其言可用，用之；不可用，置之。若必加罪，后谁敢言者？"因赐诏书褒嘉焉。

真宗东封还，群臣献歌颂称赞功德者相继，惟进士孙籍献言："封禅，帝王之盛事，然愿陛下慎于盈成，不可遂自满假。"上善其言，即召试中书,赐同进士出身。

秦国长公主尝为子六宅使世隆求正刺史,真宗曰:"正刺史系朝廷公议,不可。"鲁国长公主为翰林医官使赵自化求尚良使兼医官院事,上谓王继英曰:"雍王元份亦尝为自化求遥郡,朕以遥郡非医官所领,此固不可也。"驸马都尉石保吉自求见上,言:"仆夫盗财,乞特加重罪。"上曰:"有司自有常法,岂肯以卿故乱天下法也。"又请于私第决罚,亦不许。

真宗即位,每旦,御前殿,中书、枢密院、三司、开封府、审刑院及请对官以次奏事,辰后入宫上食。少时,出坐后殿,阅武事,至日中罢。夜则诏侍读、学士询问政事,或至夜分还宫。其后率以为常。

真宗尝读《易》,召大理评事冯元讲《泰卦》。元曰:"泰者,天气下降,地气上腾,然后天地交泰。亦犹君意接于下,下情达于上,无有壅蔽,则君臣道通。向若天地不交,则万物失宜,上下不通,则国家不治。"上大悦,赐元绯衣。

真宗重礼杜镐。镐直龙图阁,上尝因沐浴罢,饮上尊酒,封其余,遣使赐镐于阁下。镐素不饮,得赐喜,饮之至尽,因动旧疾,忽僵不知人。上闻之惊,步行至阁下,自调药饮之。仍召其子津入侍疾。少顷,镐稍苏,见至尊在,欲起,上抚令卧。镐疾平,然后入宫。方镐疾亟时,上深自咎责,以为由己赐酒致镐疾也。

种放隐于终南山豹林谷,讲诵经籍,门人甚众。太宗闻其名,召之,放辞以母老不至,诏每节给钱物供养其母。咸平元年,母卒,真宗赐钱二十万、帛三十匹、米三十斛以葬。明年,复赐钱五万,诏本府礼遣,亦辞疾不至。五年,又遣供奉官周珏,赍诏至山召之,仍赐钱十万,绢百匹,放应命至阙。上喜,见放便殿,赐坐与语,即坐拜司谏、直昭文馆,赐居第、什器,御厨给膳。明年,放上表请归山,上令暂归,三两月复来赴阙。因拜起居舍人,宴饯于龙图阁,上赋诗送之,命群臣皆送。景德三年,迁右谏议大夫。祥符元年,迁给事中。从祀汾阴,拜工部侍郎。

真宗祀汾阴,召河中府处士李渎、刘巽,巽拜大理评事,致仕,乃赐绯,渎以疾辞。又召华山郑隐、敷永李宁,对于行宫,隐赐号正晦先生。又召陕州魏野，亦辞疾，不应命。右皆出《圣政录》。

先朝命郭后观奉宸库，后辞曰："奉宸国之宝库，非妇人所当入。陛下欲惠赐六宫，愿量颁之，不敢奉诏。"上为之止。李贵云。

卷七

枢密直学士张詠知益州，有巡检所领龙猛军人溃为群盗。龙猛军者，本皆募群盗不可制者充之，慓悍善斗，连入数州，俘掠而去。蜀人大恐。詠一日召钤辖以州事委之，愕然，请其故，詠曰："今盗势如此，而钤辖晏然安坐，无讨贼心，是欲令詠自行也。钤辖宜摄州事，詠将出讨之。"钤辖惊曰："某行矣。"詠曰："何时?"曰："即今。"詠领左右张酒具于城西门上，曰："钤辖将出，吾今饯之。"钤辖不得已，勒兵出城，与饮于楼上。酒数行，钤辖曰："某愿有谒于公。"詠曰："何也?"曰："某所求兵粮，愿皆应付。"詠曰："诺。老夫亦有谒于钤辖。"曰："何也?"詠曰："钤辖今往，必灭贼，若无功而退，必断头于此楼之下矣。"钤辖震栗而去。既而与贼战，果败，士众皆还走几十里。钤辖召其将校告之曰："观此翁所为，真斩我，不为异也。"遂复进，力战，大破之，贼遂平。

张詠时，有僧行止不明，有司执之以白詠，詠熟视，判其牒曰："勘杀人贼。"既而案问，果一民也，与僧同行于道中，杀僧，取其祠部戒牒三衣，因自披剃为僧。僚属问詠："何以知之?"詠曰："吾见其额上犹有系巾痕也。"王胜之云。

真宗造玉清昭应宫，张詠上言："不当造宫观，竭天下之财，伤生民之命。此皆贼臣丁谓诳惑陛下，乞斩丁谓头置于国门，以谢天下，然后斩詠头置于丁谓之门，以谢丁谓。"上亦不罪焉。不记所传。

真宗判开封府，杨砺为府僚，及登储贰，因为东宫官，即位，为枢密副使。病甚，真宗幸其第问疾，所居在隘巷中，辇不能进。左右请还，上不许，因降辇，步至其第，存劳甚至。原叔云。

杨砺，太祖建隆初状元及第。在开封府，真宗问砺何年及第，砺唯唯不对。真宗退问左右，然后知之，自悔失问，谓砺不以科名自伐，由是重之。

真宗知开封府，李应机知咸平县。府遣散从以帖下县，有所追捕,散从恃王势,欢呼于县廷。应机怒曰:"汝所事者,王也;我所事者,王之父也。父之人可以笞子之人,汝乃敢如此!"杖之二十。散从走归,具道其语,泣诉于王,王不答,而默记其名,嘉其谅直。及即帝位,擢应机通判益州事,召之登殿,谓之曰:"朕方以西蜀为忧,故除卿此官,委以蜀事。此未足为大任,卿第行,勉之,有便宜事,密疏以闻。"应机至州,未几,有走马入奏事。前一日,知州置酒饯之,应机故称疾不会,走马心已不平。及暮,应机又使人谓走马曰:"应机有密疏,欲附走马入奏,明日未可行也。"走马不知其受上旨,愈怒,强应之曰:"诺。"明日,走马使人诣应机曰:"某治装已毕,且行矣,愿得所赍文疏。"应机曰:"某之疏不可使人传也,当自来受之。"走马虽怒,其意欲积其骄横之状具奏于上,乃诣应机廨舍,受其疏以行。既至,升殿,上迎问曰:"李应机无恙乎? 有疏来否?"走马愕然失据,即对曰:"有。"因探其怀出之。上周览,称善数四,因问应机在蜀治行何如,走马踧踖,转辞更称誉之。上曰:"汝还语应机,凡所言事皆善,已施行矣。更有意见,尽当以闻。蜀中无事,行召卿矣。"顷之,召入,迁擢,数岁中至显官。应机为吏强敏,而贪财多权诈,其后上亦察其为人,寖疏之。李公达云。

景德初,契丹寇澶州,枢密使陈尧叟奏请沿河皆撤去浮桥,舟船皆收泊南岸。敕下河阳、陕州、河中府如其奏,百姓大惊扰。监察御史王济知河中府,独不肯撤,封还敕书,且奏以为不可。陕州通判张稷时以公事在外,州中已撤浮桥,稷还,闻河中府不撤,乃复修之。寇相时在中书,由是知此二人。明年,召济为员外郎兼侍御史知杂事,方且进用。济性鲠直,众多嫌之,及寇相出,济遂以郎中知杭州,徙知洪州而卒。稷亦徙为三司判官、转运使。

景德初,契丹犯河北,王钦若镇魏府,有兵十万余。契丹将至,城中惶遽。钦若与诸将探符分守诸门,阁门使孙全照曰:"全照将家子,请不探符。诸官自择便利处所,不肯当者,某请当之。"既而莫肯守北门者,乃以全照付之。钦若亦自分守南门,全照曰:"不可。参政主帅,号令所出,谋画所决,北门至南门二十里,请复待报,必失机会,不如居中央府署,保固腹心,处分四面,则大善。"钦若从之。全照素教蓄无地分弩手，皆执朱漆弩，射人马洞彻重甲，随所指挥，用无不胜。于是大开北门，下钓桥以待之。契丹素畏其名，皆环过攻东门。良久，舍之，急趣故城。是夜月黑，契丹自故城潜师复过魏府，伏兵断其后，魏兵不能进退。全照请于钦若曰："若亡此兵，是无魏也。北门不足守，全照请救之。"钦若许之。全照率麾下出南门力战，杀伤契丹伏兵略尽，魏乃复存。董照云。

寇莱公少时不修小节，颇爱飞鹰走狗。太夫人性严，尝不胜怒，举秤锤投之，中足，流血，由是折节从学。及贵，母已亡。每扪其痕辄哭。楚楷云。

景德中，契丹犯澶渊，天子亲征，枢密使陈尧叟、王钦若密奏宜幸金陵，以避其锋。是时，乘舆在河上行宫，召寇准入谋事。准将入，闻内中人谓上曰："群臣欲将官家何之耶？何不速还京师？"准入见，上以金陵谋问之，准曰："群臣怯懦无知，不异于向者妇人之言。今胡虏迫近，四方危心，陛下惟可进尺，不可退寸。河北将士旦夕望陛下至，气势百倍。今若陛下回銮数步，则四方瓦解，虏乘其势，金陵可得至耶？"上善其计，乃北渡河。

丁、寇异趋，不协久矣。寇为枢密使，曹利用为副使，寇以其武人，轻之。议事有不合者，莱公辄曰："君一武夫耳，岂解此国家大体。"郓公由是衔之。真宗将立刘后，莱公及王旦、向敏中皆谏，以为出于侧微，不可。刘氏宗人横于蜀中，夺民盐井，上以后故，欲舍其罪，莱公固请必行其罪。是时上已不能记览，政事多宫中所决。丁相知曹、寇不平，遂与郓公合谋，罢莱公政事，除太子少傅。上初不知，岁余，忽问左右曰："吾目中久不见寇准，何也？"左右亦莫敢言。上崩，太后称制，莱公再贬雷州。是岁，丁相亦获罪。

张齐贤为布衣时，倜傥有大度，孤贫落魄，常舍道上逆旅。有群盗十余人，会食于逆旅之间，居人皆惶恐窜匿，齐贤径前揖之，曰："贱子贫困，欲就诸大夫求一醉饱，可乎？"盗喜曰："秀才乃肯自屈，何不可者？顾吾辈粗疏，恐为秀才笑耳。"即延之坐。齐贤曰："盗者，非龊龊儿所能为也，皆世之英雄耳。仆亦慨慷士，诸君又何问焉？"乃取大碗，满酌饮之，一举而尽，如是者三。又取豚肩，以指分为数段而啖之，势若狼虎，群盗视之愕眙，皆咨嗟曰："真宰相器也。不然，何能不拘小节如此也？他日宰执天下，当念吾曹皆不得已而为盗耳，愿早自结纳。"竞以金帛遗之。齐贤皆受不让，重负而还。

张齐贤真宗时为相，戚里有争分财不均者，更相诉讼。又因入宫，自理于上前，更十余日，不能断。齐贤曰："是非台府所能决也，臣请自治之。"上许之。齐贤坐相府，召诸讼者曰："汝非以彼所分财多，汝所分财少乎？"皆曰："然。"即命各供状结实，乃召两吏趣从其家，令甲家入乙舍，乙家入甲舍，货财皆按堵如故，分书则交易之，讼者乃止。明日奏，上大悦，曰："朕固知非君莫能定者。"张昭孙云。

长安多仕族子弟，恃荫纵横，二千石鲜能治之者。陈尧咨知府，有李太监者，尧咨旧交，其子尤为强暴。一旦，以事自致公府，尧咨问其父兄宦游何方，得安信否，语言勤至。既而让曰："汝不肖，无赖如是，我不能与汝言，官法又不能及，汝恃赎刑，无复耻耳。我与尔父兄善，义犹骨肉，当代汝父兄训之。"乃引于便坐，手自杖之数十下。由是子弟亡赖者皆慑息。然其用刑过酷。有博戏者，杖之，桎梏列于市，置死马于其傍，腐臭气中疮皆死，后来者系于先死者之足。其残忍如此。董昭云。

真宗时，王钦若善承人主意，上望见辄悦之。每拜一官，中谢日，辄问曰："除此官且可意否？"其宠遇如此。钦若为人阴险多诈，善以巧谲中人，人莫之悟。与王旦同为相，翰林学士李宗谔有时名，旦善视之。旦欲引宗谔参政事，以告钦若，钦若曰："善。"旦曰："当以白上。"宗谔家贫，禄廪不足以给婚嫁，旦前后资借之，凡千余缗，钦若知之。故事，参知政事中谢日，所赐物近三千缗，钦若因密奏："宗谔负王旦私钱，不能偿。旦欲引宗谔参知政事，得赐物以偿己债，非为国择贤也。"明日，旦果以宗谔名荐于上，上作色不许。其权谲皆此类。后罢相，为资政殿学士。故事，杂学士并在翰林学士下。及钦若入朝，上见其位在李宗谔下，怪之，以问左右，左右以故事对。上即除钦若资政殿大学士，位在翰林学士上。资政殿大学士自此始。初，钦若与丁谓善，援引至两府。及谓得志，稍叛钦若，钦若憾之。及立皇太子，以当时两府领少师、少傅、少保，召钦若于外，为太子太保。真宗不豫，事多遗忘。丁谓方用事，寻有诏，钦若以太子太保归班。钦若袖诏书曰："上命臣以归班，不识诏旨所谓。"上留其诏，改除司空、资政殿大学士。顷之，钦若宴见，上问："卿何故不如中书？"对曰："臣不为宰相，安敢之中书？"上顾都知，送钦若诣中书视事。钦若既出，使都知奏："以无白麻，不敢奉诏。"因归私第。上命中书降麻。丁谓因除钦若节度使、同平章事、西京留守。钦若上表请觐，未报，亟留府事委僚属而入朝。谓因责以擅委符印诣阙，无人臣礼，下诏贬司农卿、南京分司。会今上即位，丁谓败，章献太后以钦若先朝宠臣，复起知升州。自升州召还，至北京，大臣始知之。既至，复为相。然钦若不复大用事如真宗时矣。未几，有朝士自外方以寄遗钦若，为人所知，钦若因自发其事，太后由是解体。顷之，薨于位，谥曰文穆。无子，养族人为后。钦若方用事时，四方馈遗，不可胜纪。其家金帛、图书、奇玩富于丁谓，为天火所焚，一朝殆尽。辛若渝云。

王文穆为人虽深刻，然其人智略士也。澶渊之役，文穆镇天雄。契丹既退，王亲军率大兵向魏府，魏府钤辖惧，欲闭城拒之，文穆曰："不可。若果如此，则积嫌遂形，是成其叛心也。"乃命于城外十里结彩棚以待之。至则迎劳，欢宴饮酒连日。既罢，其所统兵皆已分散诸道矣，亲军皆不知焉。康定初，河亭上遇一朝士缥服者言之。

王钦若为翰林学士，与比部员外郎、直集贤院、修起居注洪湛同知贡举，湛后差入贡院，时诸科已试第六场。是时，法禁尚疏，钦若奴祁睿得出入贡院。钦若妻受一举人赂，书睿掌以姓名语钦若，皆奏名。有济源经科，因一僧许赂钦若银十铤，既入六铤，余负而不归，僧往索之，因喧斗。事发，下御史台鞫案。事方纷纭，真宗擢钦若参知政事。中丞赵昌言以狱辞闻，收钦若下台对辨，上虽知其事，终不许，曰："朕待钦若至厚，钦若欲银，当就朕求之，何苦受举人赂耶？且钦若才登两府，岂可遽令下吏乎？"昌言争不能得。湛乃独承其罪，诏免死罪，杖背，免刺面，配岭南牢城。湛家贫，每会客从同僚梁颢借银器，是时适在其家，没以为赃。钦若内亦自愧，其后擢湛子鼎为官以报之。真宗晚年，钦若恩遇寝衰，人有言其受金者，钦若于上前辨白，乞下御史台核实。上不悦，曰："国家置御史台，固欲为人辨虚实耳。"

钦若惶恐，因求出藩，乃命知杭州。苏子容云。

王钦若为亳州判官，监会亭仓。天久雨，仓司以谷湿不为受纳，民自远方来输租者，食谷且尽，不能得输。钦若悉命输之仓，奏请不拘年次，先支湿谷，不至朽败。奏至，太宗大喜，手诏答许之，因识其名。秩满入见，擢为朝官。真宗即位，钦若首乞免放欠负，由是大被知遇，以至作相。天圣初，契丹遣使请借塞内地牧马，朝廷疑惑，不知所答。钦若方病在家，章献太后命肩舆入殿中问之，钦若曰："不与则示怯，不如与之。虏以虚言相恐喝耳，未必敢来。宜密诏曹玮，使奏乞整顿士马以备非常。"太后从之，契丹果不入塞地。玮时知定州。董沔云。

太宗时，大臣得罪者，贬谪无所假贷，制辞极言诋之。未几，思其才，辄复进用。真宗重于进退大臣，制辞亦加审慎。向敏中为相，典故薛居正宅，居正子妇柴氏上书，讼敏中典宅亏价，且言敏中欲娶己，己不许。上面问敏中，对曰："臣自丧妻以来，未尝谋及再娶。"既而上闻其欲娶王承衍女弟，责其不实，罢相归班。其麻辞曰："翊赞之功未著，廉洁之操蔑闻。"又曰："朕选用不明，搢绅兴诮。"议者以敏中为终身摈弃不复用矣。是时，凡旧相出镇者，多不以吏事为意。寇莱公虽有重名，所至之处，终日游宴，所爱伶人，或付与富室，辄有所得，然人皆乐与之处，不以为非也。张齐贤倜傥任情，获劫盗或时纵遣之，尤不治。上闻之，皆不以为善。唯敏中勤于政事，所至著称。上曰："大臣出临方面，惟向敏中尽心于民事耳。"于是有复用之意。会夏州李继迁末年，兵败被伤，自度孤危且死，属其子德明小字阿妻。必归朝廷，曰："一表不听则再请，虽累百表不得请，勿止也。"继迁死，德明纳款。上亦欲息兵，乃自永兴徙敏中知延州，受其降。事毕，徙知汝南府。东封西祀，皆以敏中为东京留守。西祀还，遂复为相，薨相位。

向相在西京，有僧暮过村民家求寄止，主人不许，僧求寝于门外车箱中，许之。夜半，有盗入其家，自墙上挟一妇人并囊衣而出。僧适不寐，见之，自念不为主人所纳而强求宿，而主人亡其妇及财，明日必执我诣县矣，因夜亡去。不敢循故道，走荒草中，忽堕眢井，则妇人已为人所杀，先在其中矣。明日，主人搜访亡僧并子妇尸，得之井中，执以诣县，掠治，僧自诬云："与子妇奸，诱与俱亡，恐为人所得，因杀之投井中，暮夜不觉失足，亦坠其中。赃在井旁亡失，不知何人所取。"狱成，诣府，府皆不以为疑，独敏中以赃不获为疑。引僧诘问数四，僧服罪，但言"某前生当负此人死，无可辨者"。敏中固问之，僧乃以实对。敏中因密使吏访其贼。吏食于村店，店妪闻其自府中来，不知其吏也，问之曰："某僧者其狱如何？"吏给之曰："昨日已笞死于市矣。"妪叹息曰："今若获贼，则何如？"吏曰："府已误决此狱矣，虽获贼，亦不敢问也。"妪曰："然则言之无伤矣。妇人者，乃此村中少年某甲所杀也。"吏曰："某人安在？"妪指示其舍，吏就舍中掩捕获之。案问具服，并得其赃。一府咸以为神。始平公云。

　　王旦字子明，大名人。祖彻，进士及第，官至左拾遗。父祐，以文学介直知名，知制诰二十余年，官至兵部侍郎，风鉴精审。旦少时，祐尝明以语人，谓旦必至公辅，手植三槐于庭以识之。旦自幼聪悟，宽裕清粹。太平兴国中，一举登进士第，除大理评事、知岳州平江县事，徙监潭州酒税。知州事何承矩荐其才行，太宗诏除著作郎。时方兴文学，修三馆，建秘阁，购文籍，旦以选预校正。遭父丧，趣出供职。端拱中，通判郑州事，月余，徙濠州。遭母丧去，诏复故任。淳化初，以殿中丞直史馆。明年，除右正言、知制诰。四年，同判吏部流内铨、知考课院。会妻父赵昌言参知政事，旦上奏，以知制诰中书属官，引唐独孤郁避权德舆事，固求解职，上嘉而许之，以礼部郎中充集贤院修撰，掌铨课如故。逾年，昌言罢政事，旦即日复知制诰，依前修撰，仍赐金紫。逮真宗即位，除中书舍人。数月，召入翰林为学士，寻知审官院，兼通进银台司。咸平三年，权知贡举。锁宿旬日，就拜给事中、同知枢密院事。明年，迁工部侍郎、参知政事。景德初，契丹入寇，从车驾幸澶渊。时郓王留守京师，暴得心疾，诏旦权东京留守事，乘传而归，听以便宜从事。三年，以工部尚书同中书门下平章事、集贤殿大学士。明年，车驾幸永安，以旦为朝拜诸陵大礼使。及还，监修《国史》。大中祥符元年，天书降，以旦为封禅大礼使，又为天书仪卫使。从登封泰山，迁中书侍郎兼刑部尚书、同平章事。受诏作《封禅坛颂》，迁兵部尚书、同平章事。及祀汾阴，以旦为汾阴大礼使，还，迁左仆射、同平章事。受诏作《汾阴祠坛颂》，上更欲迁旦官，旦沥恳固辞，乃止加昭文馆大学士及增加功臣而已。及圣祖降临，又加门下侍郎。玉清昭应宫成，以旦为玉清昭应宫使。铸铜像成，以旦为迎奉圣像大礼使。宝符阁成，又为天书刻玉使。车驾幸亳，以旦为奉祀大礼使。上以兖州寿丘为圣母降生之地，于是处建景灵宫，以旦为朝修使。宫成，拜司空。《国史》成，进拜司徒。天禧元年，进拜太保、同平章事。圣祖上尊号，以旦为太极观奉上宝册使。旦在政府十有八年，以疾辞，累章不许。及自兖州还，恳请备至，乃诏册封太尉兼侍中，五日一赴起居，因入中书，遇军国有重事，不以时日，并入参决。旦闻之，惶恐，拜章乞寝，恩至阁门候命，乃止增加封邑，而优假之数卒如前诏，既而疾甚，求对便座，扶以升殿。上见其癯瘠，恻然许之。旦退，复上奏。明日，册拜太尉，依前玉清昭应宫使，罢知政事，特给宰臣月俸之半，仍令礼官草具尚书省都堂署事之仪。未及行，其年九月己酉薨，赠太师、尚书令，谥文正。上出次发哀，群臣奉慰。擢其弟旭度支员外郎，兄子大理评事睦为大理寺丞，弟子卫尉寺丞质为大理寺丞。外孙韩纲、苏舜元、范禧并同学究出身。子素、弟子徽俱未官，素补太常寺太祝，徽秘书省校书郎。初，旦与钱若水同直史馆、知制诰，有僧善相，谓若水曰："王舍人他日位极人臣，富贵无与为比。"若水曰："王舍人面偏而喉有骨高，如何其贵也？"僧曰："作相之后，面当自正。喉骨高者，主自奉养薄耳。"后果如其言。旦以宽厚清约为相几二十年，遭时承平，人主宠遇至厚，公廉自守，中外至今称之。事寡嫂谨，抚弟妹恩，禄赐所得，与宗族共之。家事悉委弟旭，一无所问。遇恩，荫补遍于群从，身没之日，诸子犹有褐衣者。性好释氏，临终遗命剃发著僧衣，棺中勿藏金玉，用茶毗火葬法，作卵塔而不为坟。其子弟不忍，但置僧衣于棺中，不藏金玉而已。

真宗时，马知节、林崇训皆以检校官签书枢密院事。知节为人质直，真宗东封泰山，车驾发京师，上及从官皆蔬食。封禅礼毕，上问宰臣王旦等曰："卿等久食蔬，不易。"旦等皆再拜。知节独进言："蔬食者，惟陛下一人而已。王旦等在道中与臣同次舍，无不私食肉者。"又顾旦等曰："知节言是否？"旦再拜曰："诚如知节之言。"邓言吉云。

卷八

王化基为人宽厚，尝知某州，与僚佐同坐，有卒过庭下，为化基智，而不及幕职，僚佐退召其卒，笞之。化基闻之，笑曰："我不知欲得一智如此之重也。向或知之，化基无用此智，当以与之。"人皆服其雅量。官至参知政事、礼部尚书，谥曰惠献。子举正，有父风，官亦至参知政事、礼部尚书，谥曰安简。冯广渊云。

李文定公迪罢陕西都转运使，还朝。是时，真宗方议东封西祀，修太平事业。知秦州曹玮奏："羌人潜谋入寇，请大益兵为备。"上怒，以玮虚张虏势，恐喝朝廷。以迪新自陕西还，召见，示以玮奏，问其虚实，欲斩玮以戒妄言者。文定从容奏曰："玮，武人，远在边鄙，不知朝廷事体，辄有奏陈，不足深罪。臣前任陕西，观边将才略，无能出玮之右者，他日必能为国家建功立事。若以此加罪，臣为陛下惜之。"上意稍解。迪因奏曰："玮，良将，必不妄言。所请之兵，亦不可不少副其请。臣观陛下意，但不欲从都门出兵耳。秦之旁郡兵甚多，可发以戍秦。臣在陕西，籍诸州兵数为小册，尝置鞶囊中以自随，今未敢以进。"上趣取阅之，曰："以某州兵若干戍秦州，卿即传诏枢密遣之。"既而，虏众果入寇，玮迎击，大破之，遂开山外之地。奏到，上喜谓迪曰："山外之捷，卿之功也。"及上将立章献后，迪为翰林学士，屡上疏谏，以章献起于寒微，不可母天下，由是章献深衔之。周怀政之诛，上怒甚，欲责及太子，群臣莫敢言，迪为参知政事，候上怒稍解，从容奏曰："陛下有几子？乃欲为此计？"上大悟，由是独诛怀政等，而东宫不动摇，迪之力也。及为相，真宗已不豫，丁谓与迪同奏事退，既下殿，谓矫书圣语，欲为林特迁官，迪不胜忿，与谓争辨，引手板欲击谓，谓走，获免。因更相论奏。诏二人俱罢相，迪知郓州。明日，谓复留为相。迪至郓且半岁，真宗晏驾，迪贬衡州团练副使。谓使侍禁王仲宣押迪如衡州，仲宣至郓州，见通判以下而不见迪，迪惶恐，以刃自刭，人救得免。仲宣凌侮追胁，无所不至。人往见迪，辄籍其名，或馈之食，留至溃腐,弃捐不与。迪客邓馀怒曰:"竖子!欲杀我公以媚丁谓耶?邓馀不畏死,汝杀我公,我必杀汝!"从迪至衡州,不离左右。仲宣颇惮之,迪由是得全。至衡州岁余,除秘书监、知舒州。章献太后崩,迪时以尚书左丞知河阳。今上即位,召诣京师,加资政殿大学士,数日复为相。迪自以为受不世之遇,尽心辅佐,知无不为。吕夷简忌之,潜短之于上,岁余罢相,出知某州。迪谓人曰:"迪不自量,恃圣主之知,自以为宋璟,而以吕为姚崇,而不知其待我乃如是也。"文定子及之云。

真宗乳母刘氏号秦国延寿保圣夫人言,仁宗圣性宽仁,宗族近有幸求内批者,上咸不违。康定元年十月戊子,谓宰相曰:"自今内批与官及差遣者,并具旧条,复奏取旨。"

庆历三年五月旱,丁亥,夜雨。戊子,宰相章得象等入贺,上曰:"昨夜朕忽闻微雷,因起,露立于庭,仰天百拜以祷。须臾雨至,朕及嫔御衣皆沾湿,不敢避去,移时雨霁,再拜而谢,方敢升阶。"得象对曰:"非陛下至诚,何以感动天地!"上曰:"比欲下诏罪己,避寝撤膳,又恐近于崇饰虚名,不若夙夜精心密祷为佳耳。"

庆历三年九月,知谏院王素、余靖、欧阳修、蔡襄以言事不避,并改章服。十月,王素除淮南转运使,将之官,入辞,上谓曰:"卿今便去,谏院事有未言者,可尽言之。"右正言余靖奉使契丹,入辞,书所奏事于笏,各用一字为目。上顾见之,问其所书者何?靖以实对。上指其字一一问之,尽而后已。上之听纳不倦如此。

温成皇后张氏,其先吴人,从钱氏归国,为供奉官。祖颖,进士及第,终于县令。子尧封,尚幼,二女入宫事真宗,名位甚微。尧封亦进士及第,早终,妻惟有一女,即后也。庶子化基幼。尧封从父弟尧佐亦进士及第,时已为员外郎,不收恤诸孤。后母卖后于齐国大长公主家为歌舞者,而适蹇氏,生男守和。大长公主纳后于禁中仙韶部,宫人贾氏母养之。上尝宫中宴饮,后为俳优,上见而悦,遂有宠。后巧慧,善迎人主意。初为修媛,后册为贵妃,饮膳供给,皆逾于曹后,几夺其位数矣,以曹后素谨,上亦重其事,故不果。上以其所出微,欲使之依士族以自重,乃稍进用尧佐,数年间为三司副使、天章阁待制、三司使、淮海军节度使、宣徽使,追封尧封为清河郡王,后母为齐国夫人，后兄化基子守诚、蹇守和皆拜官，宗族赫然俱贵。至和元年正月暴疾薨，上哀恤之甚，追册为温成皇后，礼数资送甚极丰厚。后方宠幸，贾氏尤用事，谓之贾夫人，受纳货贿，为人属请，无不行者。贾安公以姑礼事之，遂被大用，然亦以此获讥于世。齐国夫人柔弱，故官爵赏赐多入尧佐，而化基等反不及焉。化基终于阁门祗候，后薨，齐国夫人相继物故。后数年，尧佐亦卒，张氏遂衰。

子渊曰：温成立忌日，礼官列言不可，执政患之。有礼官谓执政曰："礼官张刍独主此议，他人皆不得已从之耳。"执政乃追引前岁刍乞落职，代父牧入蜀及乞广安军，进退失据。奏落检校职监潭州酒。礼官议者稍稍息。

庆历元年十二月，才人张氏进封修媛。庆历四年三月，以修媛张氏之世父职方员外郎尧佐提点开封府县镇公事。右正言余靖上言："尧佐不当得此差遣。一尧佐不足为轻重，但鉴郭后之祸兴于杨、尚。"上曰："朕不以女谒用人，自有臣僚奏举。物议不允，当与一郡。"

至和元年，张氏妃薨，初谥广明皇后，又谥元明，又谥温成，京师禁乐一月。正月二十日，自皇仪殿殡于奉先寺，仪卫甚盛。又诏与孝惠、淑德、章怀、章惠俱立忌。正月二十日殡成，上前五日不视朝，两府不入。前一日之夕，上宿于皇仪殿，设警场于右掖门之外。是日旦发引，陈卤簿、鼓吹、太常乐、僧道，威仪甚盛。皇亲、两府、诸司缘道设祭，自右掖门至奉先院，络绎不绝。百官班辞于御史台前陈祭，又赴奉先院。已殡，百官复诣西上阁门奉慰。

宝元二年十一月丁酉，旬休，上御延和殿决御史台所奏冯士元狱，谓宰相曰："此狱事连大臣，近者台司进奏禁止郑戬、庞籍起居，自余盛度、程琳殊无论奏。度、琳乃儒臣耳，脱有权势更重者，当如之何？"于是开封府判官李宗简特追一官、勒停，天章阁待制庞籍赎铜四斤、知汝州，自余与士元交关者，皆以罪轻重责降有差。其知开封府郑戬等按鞫士元不罪，特放。知枢密院事盛度除尚书右丞、知扬州，参知政事程琳降授光禄卿、知颖州，皆以交关士元使干治私务故也。御史中丞孔道辅降授给事中、知郓州，以不按劾二人之罪故也。

十二月庚申，赐京西、鄜延马递步特支钱。诏审刑院、刑部、大理寺不得通宾客,有受情曲法者,开相告之科。鄜延路奏:"边事警急,差强壮丁防守诸寨,换禁兵斗敌。"从之。辛酉,赐鄜延特支钱。

上问宰相唐世入阁之仪,参知政事宋庠退而讲求以进,曰:"唐有大内,有大明宫。大内谓之西内,大明宫谓之东内。高宗以后,多居东内。其正南门曰丹凤,丹凤之内曰含元殿,每至大朝会则御之。次曰宣政殿,谓之正衙,朔望大册拜则御之。次曰紫宸殿,谓之上阁,亦曰内衙,奇日视朝则御之。唐制天子日视朝,则必立仗于正衙,或乘舆止于紫宸,则呼仗自东西阁门入,故唐世谓奇日视朝为入阁。"

李端愿曰:章献之志非也,暴得疾耳。凿垣而出,瘗于洪福寺,章献之过也。

又曰:上幼冲即位,章献性严,动以礼法禁约之,未尝假以颜色,章惠以恩抚之。上多苦风痰,章献禁虾蟹海物不得进御,章惠尝藏弃以食之,曰:"太后何苦虐吾儿如此。"上由是怨章献而亲章惠,谓章献为大娘,章惠为小娘。及章献崩,尊章惠为太后,所以奉事曲尽恩意。景祐中,薨,神主祔于奉慈庙。弟景宗,少为役兵,以章惠故得官,性凶悍,使酒,好以滑槌殴人,世谓之"杨滑槌"。数犯法,上以章惠故,优容之,官至观察使。初,丁谓治第于城南,景宗为兵,负土焉。及谓败,第没,上以赐景宗居之。

十一日,赐两府、两制宴于中书,喜雪也。

十九日,赐两府、两制宴于都庭驿,曾相主之,冬至故也。果有八列,近百种,凡酒一献,从以四殽,堂厨也,曾氏也,使者也,大官也。

至和元年春,张贵妃薨,上哀悼之甚,欲极礼数以宠秩之,乃追谥温成皇后,殡于皇仪殿,命参知政事刘沆监议丧事。是时,陈执中、梁适为宰相,王拱辰、王洙判太常寺兼礼仪事,皆惶恐,不爱名器,以承顺上意。又诏为温成皇后立忌日,同知礼院冯浩、张刍、吴充、鞠真卿皆争之,执政患之。因刍向时奏以父牧尝任蜀官,自乞代父入蜀。既而又奏得父书,自愿入蜀,更不代行。无何,牧至京师,复上奏乞免蜀官。以是执政以刍奏事更不代行前后异同,落史馆检校,监潭州酒,欲以警策其余。礼院故事,常豫为印署众衔,或非时中旨有所访问,不暇遍白礼官,则白判寺一人,书填印状,通进施行。是时,温成丧事,日有中旨访问礼典,判寺王洙兼判少府监,廨舍最近,故吏多以事白洙,洙常希望上旨,以意裁定,填印状进内。事既施行,而论者皆责礼官。礼官无以自明,乃召礼直官戒曰:"自今凡朝廷访问礼典稍重应商议者,皆须遍白众官,议定奏闻。自非常行熟事,不得辄以印状申发,仍责状申委。"后数日,有诏问温成皇后庙应如他庙用乐舞否?礼直官李亶以事白洙,洙即填状奏云:"当有乐舞。"事下礼院,充、真卿怒,即牒送礼直官李亶于开封府,使按其罪。是时,蔡襄权知开封府,洙抱案卷以示襄曰:"印状行之久矣,礼直官何罪?"襄患之,乃复牒送亶于礼院,云:"请任自施行。"充、真卿复牒送府,如是再三。先是,真卿好游台谏之门,会温成后神主祔新庙,皆以两制摄献官,端明殿学士杨察摄太尉,殿中侍御史赵抃监祭,吴充监礼。上又遣内臣临视。察临事,内出圭瓒以盥鬯。充言于察曰:"礼,上亲享太庙则用圭瓒,若有司摄事,则用璋瓒。今使有司祭温成庙而用圭瓒,是薄于太庙而厚于姬妾也。其于圣德,亏损不细,请奏易之。"察有难色,曰:"日已暮矣,明日行事,言之何及?"内臣侍祭者已闻之,密以上闻,诏即改用璋瓒祭之。明日,赵抃上言,劾蔡襄知开封府不崇治礼直官罪,畏懦观望。于是执政以为充因祠祭教抃上言。又,礼直官日在温成坟所,诉于内臣云:"欲送礼直官于开封府者,充与真卿二人而已。"由是怒充与真卿。明日,诏礼直官及系检礼生各赎铜八斤,充及真卿皆补外官,充知高邮军,真卿知淮扬军。于是台谏争言充等不当补外,最后,右正言修起居注冯京言最切直,以为"今百职隳废,独充能举其职,而陛下责胥吏太轻,责充等太重,将何以振饬纪纲?"于是朝廷落京修注,即日趣充等行。开封府推官、集贤校理刁约掌修坟顿递,亦尝对中贵人言温成礼数太重,诏以约为京西路提点刑狱,亦即日行。元规受诏读册,辞曰:"故事,正后翰林学士读册。今召臣承之,臣实耻之。"奏报闻。至日,集贤官僚谓之曰:"公今日何为复来?"元规曰:"共传误本耳。"又谏追册曰:"皆由佞臣赞成兹事。"二相甚衔之。将行追册,言官力谏,上意稍解。明日,以问执政,执政顺成之。梦得及毋湜、俞希孟皆求外补,郭申锡请长告,皆以言不用故也。

杨乐道曰:初,章献为上娶郭后,后恃章献骄妒,章献崩,后与尚美人争宠，批伤今上颈，上召都知阎文应示之，文应劝上废后。上问吕夷简，亦曰："古有之。"遂降敕废为金庭教主。文应怀敕并道衣以授之，后患，有悖语，文应即驱出，以车送瑶华宫。既而上悔之，作《庆金枝曲》，遣使赐后，后和而献之。又使诏入宫，文应惧，以疾闻。上命赐之酒及药，文应遂鸩之。丁正臣曰：范讽问上伤，上以后语之。及疾，文应使医实毒，上终不知。

庆历三年九月，谏官蔡襄上言："自今两府私第毋得见宾客。欲询访天下之事，采拔奇异之材，许临时延召。"诏："旬休，许见宾客。"至和二年七月，翰林学士欧阳修又上言："两制以上，毋得诣两府之第。"诏从之。

嘉祐四年五月，上手诏赐两府曰："朕观在昔君臣，惟同心同德，故知天下之务，享无疆之休。倘设猜防之端，是乖信任之道。因纳言屡述御臣之规，颇立科条，用制邪慝。方今图任贤哲，倚为股肱，论道是咨，推诚无间，而有禁未解，斯岂称朕意耶？先是，两制臣寮不许至执政私第，两府大臣奏荐人不得充台谏官，凡此条约，其悉除之。庶使君臣之际，了无疑间之迹。卿等谋谟举措，义宜如何。"

嘉祐七年二月癸卯，以驸马都尉李玮知卫州事，兖国公主入居禁中，玮所生母杨氏归玮兄璋之宅，公主乳母韩氏出居于外，公主宅勾当内臣梁怀吉勒归前省，公主宅诸色祗应人始皆随散遣之。玮貌陋性朴，上以章懿太后故，命之尚公主。自始出降，常以庸奴视之。乳母韩氏等复离间。梁怀吉等给事公主阁内，公主爱之。公主尝与怀吉等闲饮，杨氏窥之，公主怒，殴伤杨氏。由是外人喧哗，咸有异议。朝廷贬逐怀吉等于外州，公主恚怼，或欲自经，或欲赴井，或纵火，或焚他舍以邀上意，必令召怀吉等还。上不得已，亦为召之，然公主意终恶玮。至是不复肯入中门，居于厅事，昼夜不眠，或欲自尽，或欲突走出外，状若颠狂。左右以闻，故有是命。三月戊申朔，壬子，制曰："陈车服之等，所以见王姬之尊；启脂泽之封，所以昭帝女之宠。兹虽亲爱之攸属，时乃风化之所关。苟不能安谐于厥家，则何以观示于流俗？兖国公主生而甚慧，朕所钟怜，故于外家之近亲，以求副车之善配。而保傅无状，闺门失欢，历年于兹，生事不顺，达于听闻，深所惊骇！虽然恩义之常，人所难断，至于赏罚之际，朕安敢私？宜告大庭，降从下国。於戏！惟肃雍以成美德，惟柔顺以辑令名，及兹怙恭，庶几永福。可降封沂国公主。安州观察使、驸马都尉李玮改建州观察使，依旧知卫州。"公主既还禁中，上数使人慰劳李氏，赐玮金二百两，且谓曰："凡人富贵，亦不必为主婿也。"于是玮兄璋上言："家门薄祚，弟玮愚呆，不足以承天姻，乞赐指挥。"上许之离绝。又以不睦之咎皆由公主，故不加责降焉。

嘉祐元年夏，诏自今举选人充京官者，已举不得复首，又被举者亦不得纳举主人。诏文武官、宗室、嫔御、内官应奏荐亲戚补官，旧制过乾元节奏一人者，今过三年亲郊乃得之。其余减损各有差。

京师雨两月余不止，水坏城西南隅，漂没军营民居甚众。宰相以下亲护役救水，河北、京东西、江、淮、夔、陕皆大水。

九月辛卯，上以疾瘳，恭谢天地于大庆殿。礼毕，御宣德门，大赦，改元，恩赐皆如南郊。

二年夏五月庚辰，管勾麟府路军马公事郭恩遇夏贼于屈野河西，与战，败绩，恩及走马承受公事黄道元皆为虏所擒。秋，虏复遣道元归。

诏文武官应磨勘转官者，皆令审官院以时举行，毋得自投牒。又诏自今间岁一设科场，复置明经科。

三年五月甲申，榜朝堂："敕：盐铁副使郭申锡属与李参讼失实，黜知濠州。"

李参，郓州人，为定州通判。夏守恩为真定路都部署，贪滥不法，转运使杨偕、张存欲发其事，使参按之，得其敛戍军家口钱十万为之遣放者。权知定州，取富民金钗四十二枚，为之移卒于外县。守恩坐除名、连州编管，弟殿前指挥使守赟亦解兵权，由是知名。

范文正公于景祐三年言吕相之短，坐落职，知饶州。康定元年，复天章阁待制、知永兴军，寻改陕西都转运使。会许公自大名复入相，言于仁宗曰："范仲淹贤者，朝廷将用之，岂可但除旧职耶？"即除龙图阁直学士、陕西经略安抚副使。上以许公为长者，天下皆以许公为不念旧恶。文正面谢曰："向以公事忤犯相公，不意相公乃尔奖拔。"许公曰："夷简岂敢复以旧事为念耶？"及文正知延州，移书谕赵元昊以利害，元昊复书，语极悖慢，文正具奏其状，焚其书不以闻。时宋相庠为参知政事。先是，许公执政，诸公唯诺书纸尾而已，不敢有所预，宋公多与之论辨，许公不悦。一日，二人独在中书，许公从容言曰："人臣无外交，希文乃擅与元昊书，得其书又焚去不奏，他人敢尔耶？"宋公以为许公诚深罪范也。时朝廷命文正分析，文正奏："臣始闻虏有悔过之意，故以书诱谕之。会任福败，虏势益振，故复书悖慢。臣以为朝廷见之而不能讨，则辱在朝廷，乃对官属焚之，使若朝廷初不知者，则辱在臣矣。故不敢以闻也。"奏上，两府共进呈，宋公遽曰："范仲淹可斩！"杜祁公时为枢密副使，曰："仲淹之志出于忠果，欲为朝廷招叛虏耳，何可深罪？"争之甚切。宋公谓许公必有言相助也，而许公默然，终无一语。上顾问许公："如何？"许公曰："杜衍之言是，止可薄责而已。"乃降一官、知耀州。于是论者喧然，而宋公不知为许公所卖也。宋公亦寻出知扬州。

　　陕西转运使孙沔上书言："自夷简当国，黜忠言，废直道，以姑息为安，以避谤为智，柔而易制者，升为心腹，奸而可使者，保为羽翼。是张禹不独生于汉，而李林甫复见于今也。"夷简见书，谓人曰："元规药石之言，但恨闻此迟十年耳。"

　　丁正臣曰：皇侄宗实既坚辞宗正之命，诸中贵人乃荐燕王元俨之子允初。上召入宫，命坐，赐茶。允初顾左右曰："不用茶，得熟水可也。"左右皆笑。既罢，上曰："允初痴呆，岂足任大事乎？"

　　濮王薨，任守忠、王世宁护葬事，凌轹诸子，所馈遗近万缗，而心犹未厌。故奏宗懿不孝，坐夺俸黜官。

　　癸未，皇子犹坚卧不肯入肩舆，宗谔责之曰："汝为人臣子，岂得坚拒君父之命而终不受耶？我非不能与众执汝强置于肩舆，恐使汝遂失臣子之义，陷于恶名耳。"皇子乃就濮王影堂恸哭而就肩舆。杨乐道云。

　　令教授周孟阳作《让知宗正表》，每一表饷之金十两，孟阳辞皇子曰："此不足为谢，俟得请，方当厚酬耳。"凡十八表，孟阳获千余缗。亦乐道云。

丁正臣曰：皇子坚辞新命，孟阳使人谓之曰："君已有此迹，若使中人别有所奏，君独能无恙乎？"

卷九

景祐三年正月，诏御史中丞杜衍沙汰三司吏，吏疑衍建言。己亥，三司吏五百余人诣宰相第喧哗，又诣衍第诟詈，乱挟瓦砾。诏捕后行三人，杖脊配沙门岛，因罢沙汰。

壬申，以翰林学士、户部郎中吴奎为左司郎中、权知开封府，翰林侍读学士、权知开封府王素充群牧使。初，素与欧阳修数称富弼于上前，弼入相，素颇有力焉。弼既在相位，素知开封府，冀弼引己，以登两府。既不如志，因诋毁弼，又求外官，遂出知定州府，徙知益州。复还，知开封府，愈郁郁不得志，厌倦烦剧，府事多卤莽不治，数出游宴。素性骄侈，在益州、定州，皆以贿闻。为人无志操，士大夫多鄙之。开封府先有散从官马千、马清，善督察盗贼，累功至班行，府中赖之。或谓素："二马在外，威福自恣，大为奸利。"素悉奏逐之远方。于是京师盗贼累发，求捕不获。台官言素不才，亦自乞外补，朝廷因而罢之。

大理寺丞杨忱监蕲州酒税，仍令御史台即日押出城。忱，故翰林侍读学士偕之子，少与弟愃俱有俊声。忱治《春秋》，愃治《易》，弃先儒旧说，务为高奇，以欺骇流俗。其父甚奇之，与人书曰："天使忱、愃，力扶周、孔。"忱为文尤怪僻，人少有能读其句者。忱常言《春秋》无褒贬。与人谈，流荡无涯岸，要取不可胜而已。性轻易，喜傲忽人，好色嗜利，不修操检。商贩江、淮间，以口舌动摇监司及州县，得其权力，以侵刻细民，江、淮间甚苦之。至是，除通判河南府事，待阙京师。弟愃掌永兴安抚司机宜，卒于长安。忱不往视，日游处于娼家。会有告其贩纱漏税者，忱自言与权三司使蔡襄有宿隙，乞下御史台推鞫，朝廷许之。狱成，以赎论，仍冲替。忱尚留京师，御史中丞王畴劾奏忱曰："忱口谈道义，而身为沽贩，气凌公卿。"

王禹玉曰：包希仁知庐州，庐州即乡里也，亲旧多乘势扰官府。有从舅犯法，希仁挞之，自是亲旧皆屏息。

李公明曰：孔中丞道辅，初以太常博士知仙源县，诸孔犯法，无所容贷。

章献太后临朝，内侍省都知江德元权倾天下。其弟德明奉使过杭州，时李及知杭州，待之一如常时中人奉使者，无所加益，僚佐皆曰："江使者之兄居中用事，当今无比，荣枯大臣，如反掌耳。而使者精锐，复不在人下，明公待之，礼无加者。明公虽不求福，独不畏其祸乎？"及曰："及待江使者，不敢慢，亦不敢过，如是足矣，又何加焉？"既而德明谓及僚佐曰："李公高年，何不求一小郡以自处？而久居余杭繁剧之地，岂能便耶？"僚佐走告及曰："果然，江使者之言，甚可惧也。"及笑曰："及老矣，诚得小郡以自逸，庸何伤？"待之如前，亦无所加。既而德明亦不能伤也，时人服其操守。

郭后既废，京师富民陈子诚者，因保庆杨太后纳女入宫，太后许以为后也。已至掖庭，将进御，勾当御药院阎士良闻之，遽见上。上方披《百叶图》择日。士良曰："陛下读此何为？"上曰："汝何问焉？"士良曰："臣闻陛下欲纳陈氏为后，信否？"上曰："然。"士良曰："陛下知子诚是何官？"上曰："不知也。"士良曰："子诚是大臣家奴仆之官也。陛下若纳奴仆之女为后，岂不愧见公卿大夫也？"上遽命出之。孙器之云士良自言。

先是，赵元昊每遣使奉表入贡，不过称教练使，衣服礼容皆如牙吏。宝元元年十二月丙寅，鄜延路奏：元昊遣使戴金冠，衣绯，佩蹀躞，奉表纳旌节告敕，其表略曰："臣祖宗本出帝胄，当东晋之末运，创后魏之初基。曩者，臣祖继迁，心知兵要，手握乾符，大举义旗，悉降诸部。临河五郡，不旋踵而归，沿边七州，悉差肩而克。"又曰："臣父德明，嗣奉世基，勉从朝命，真王之号，凤感于颁宣；尺土之封，显蒙于割裂。"又曰："称王则不喜，朝帝乃是从。辐辏屡期，山呼齐举，伏愿以一垓之土地，建为万乘之邦家。于时再让靡遑，群情又迫，事不得已，顺而行之。遂以十月十一日郊坛，备礼为世祖谥始文本武兴法建礼仁孝皇帝，国称大夏，年号天授礼法延祚。伏望皇帝陛下，睿哲成人，宽慈及物，许以西郊之地，册为南面之君。敢竭愚庸，常敦欢好。鱼来雁往，任传邻国之音；地久天长，永镇西边之患。至诚沥恳，仰俟帝俞。"

宝元二年六月壬午,诏元昊在身官爵并宜削夺,仍除属籍。华戎之人,有能捕斩元昊者,即除静难军节度使,仍赐钱谷银绢。元昊所部之人能归顺者,并等第推赏。丙戌,诏河东安抚司牒北朝安抚司,以赵元昊背叛,河东缘边点集兵马,虑北朝惊疑。

宝元二年五月壬子,以定国军节度使、知枢密院事王德用充武宁军节度使,发赴徐州本任。癸丑,德用献所居第,以益芳林园,诏给其直。八月庚辰朔,武宁节度使王德用自陈:所置马得于马商陈贵,契约具在,非折继宣所卖。诏德用除右千牛卫将军,徙知随州,仍增置随州通判一员。九月丁未,折继宣授诸卫将军,徙知内地,以其弟代之。

宝元二年十二月乙丑,鄜延环庆路都部署司奏:夏虏寇掠保安军及延州,驻泊钤辖。六宅使卢守勤等将兵击却之,各以功大小受赏有差。散直狄青最多,超四资,除殿直。

癸酉,雨水冰。己卯,昭远受诏宰猗氏。孔道辅卒于澶州。

契丹乘西鄙用兵,中国疲敝,阴谋入寇。朝廷闻之,十月始修河北诸州城。又籍民为壮强以备之。又籍陕西、河东民为乡兵弓手。时天下久承平,忽闻点兵,民情惊扰。敕谕以“今籍民兵,止令守卫,虑有不逞之徒,妄相惊煽云。官欲文面为兵,发之戍边,有为此言者,听人告捕,当以其家财充赏”。

二年正月,契丹大发兵,屯幽、蓟间。先使其宣徽南院使萧英、翰林学士刘六符奉书入见。己巳,边吏以闻,朝廷为之旰食。壬申,以右正言知制诰富弼假中书舍人充接伴。

康定初,夏虏寇延州,永平寨主、监押欲引兵匿深山,俟虏去复归。指挥使史吉帅所部数百人遮城门,立于马前,曰:“寨主、监押欲何之?”二人以其谋告,吉曰:“如此,兵则完矣,如城中百姓刍粮何?此往还之迹何可掩?异日为有司所劾,吉为指挥使,不免于斩头,愿先斩吉于马前。不然,不敢以此兵从行也。”寨主、监押惭惧,引辔而返。虏至,围城,吉率众拒守,数日而虏去。朝廷以寨主、监押完城功,各迁一官,吉曰:“幸不失城寨,吾岂论功乎?”后官至团练使。女为郭逵夫人,亦有明识。逵善治生,家甚富,夫人常规之曰:“我与公俱老,所衣食几何? 子孙皆有官,公位望不轻,胡为多藏以败名也?"

　　章郇公得象之高祖,建州人,仕王氏为刺史,号章太傅。其夫人练氏智识过人。太傅尝出兵,有二将后期,欲斩之,夫人置酒,饰美姬进之,太傅欢甚,迨夜分,练夫人密摘二将使去。二将奔南唐,将兵攻建州,破之。时太傅已卒,夫人居建州,二将遣使厚以金帛遗夫人,且以二白旗授之,曰:"吾将屠此城,夫人植旗于门,吾以戒士卒勿犯也。"夫人返其金帛,并旗勿受,曰:"君幸思旧德,愿全此城之人。必欲屠之,吾家与众俱死耳,不愿独生。"二将感其言,遂止不屠。太傅十三子,其八子夫人所生也,及宋兴,子孙及第至达官者甚众,余五房子孙无及第者,惟章卫状元及第,其父亦八房子孙继五房耳。黄好谦云。

　　初,周王将生,诏选孕妇朱氏以备乳母。已而生男,真宗取视之,曰:"此儿丰盈,亦有福相,留宫中娱皇子。"皇子七岁薨,真宗以其儿赐内侍省都知张景宗为养子,名曰茂实。及长,累历军职,至马军副都指挥使。有军人繁用,其父尝为张氏仆。用幼闻父言茂实生于宫中,或言先帝之子,于上属为兄。用冀幸恩赏,即为表具言其事,于中衢邀茂实,以表呈之。茂实衔之,以用属开封府。府以用妄言,杖之,配外州下军。然事遂流布,众庶谯然。于是言事者请召用还察实,诏以嘉庆院为制狱案之。至和元年八月,嘉庆院制狱奏:军人繁用素病心,妄对张茂实陈牒,称茂实为皇亲。案署茂实得状当奏,擅送本衙取勘。台谏官劾茂实当上言而不以闻,擅流配卒夫,不宜典兵马。狱成,知谏院张择行录问,驳繁用非心病,诏更验定。繁用配广南牢城,所连及者皆释之。茂实先已内不自安,求出,除宁远军节度使、知滁州。

　　枢密直学士明镐讨贝州,久未下,上深以为忧,问于两府。参知政事文彦博,请自往督战。八年正月丁丑,以彦博为河北宣抚使,监诸将讨贝州。时枢密使夏竦恶镐,所奏请,多从中沮之,惟恐其成功。彦博奏:"今在军中,请得便宜从事,不从中覆。"上许之。闰月庚子朔,克贝州,擒王则。初,彦博至贝州,与明镐督将筑距闉以攻城,旬余不下,有牢城卒董秀、刘炳请穴地以攻城,彦博许之。贝州城南临御河,秀等夜于岸下潜穿穴,弃土于水,昼匿穴中,城上不之见也。久之,穴成,自教场中出。秀等以褐袍塞之,走白彦博,选敢死士二百,命指挥使将之,衔枚自穴中入。有帐前虞候杨遂请行,许之。遂曰:"军中有病咳者数人,此不可去,请易之。"从之。既出穴,登城杀守者,垂绠以引城下之人,城中惊扰。贼以火牛突登城者,登城者不能拒,颇引却。杨遂力战,身被十余创,援枪刺牛,牛却走践贼,贼遂溃。王则、张峦、卜吉与其党突围走,至村舍,官军追围之。则犹著花幞头,军士争趣之,部署王信恐贼死无以辨,以身覆其上,遂生擒之。峦、吉死于乱兵,不知所在。彦博请斩则于北京,夏竦奏言所获贼魁恐非真,遂槛车送京师,剐于马市。董秀、刘炳并除内殿崇班。

初,赵元昊既陷安远、塞门,朝廷以延州堡塞多,徒分兵力,其远不足守者悉弃之,而虏益内侵为边患。大理寺丞、佥署保大军节度判官事种世衡建言:"州东北二百里有故宽州城,修之,东可通河东运路,北可扼虏要冲。"诏从之,命世衡帅兵董其役,且城之。城中无井,凿地百五十尺始遇石,而不及泉,土人告不可凿,众以为城无井则不可守,世衡曰:"安有地中无水者?"即命工凿石而出之,得石屑一器酬百钱,凡过石数重,水乃大发,既清且甘,城中牛马皆足。自是边城之无井者效之,皆得水。诏名其城曰青涧,以世衡为内殿承制、知城事。出希文所作《墓志》,众亦云。

世衡字仲平,放兄之子。世衡少尚气节,以荫将作监主簿,累迁太子中舍。尝知武功县,用刑严峻,杖人使自凭阑立砖上受棰,足或落砖则更从一数之。人亦服其威信,或有追呼,不使人执帖下乡村,但以片纸榜县门,云:"追某人,期某日诣县庭。"其亲识见之,惊惧走告之,皆如期而至。于志宁云。后通判凤州,知州王蒙正,章献太后姻家也,尝以私干世衡,不从,乃诱王知谦使诣阙讼冤,而阴为之内助,世衡坐流窦州。章献崩,龙图阁直学士李铉奏雪其罪,补卫尉寺丞。《墓志》云。后知渑池县,茸馆舍,设什器,乃至砧臼匙箸,无不毕备,客至如归,由是声誉大振。县旁山上有庙,世衡茸之,其梁重大,众不能举。世衡下令校手搏,倾城人随往观之。世衡谓观者曰:"汝曹先为我致庙梁,然后观手搏。"众欣然,下山共举之,须臾而上。其权数皆如此类。初至青涧城,逼近虏境,守备单弱,刍粮俱乏。世衡以官钱贷商旅使致之，不问所出入，未几，仓廪皆实。又教吏民习射，虽僧道妇人亦习之。以银为射的，中者辄与之。既而，中者益多，其银重轻如故，而的渐厚且小矣。或争徭役优重，亦使之射，射中者得优处。或有过失，亦使之射，射中则释之。由是人皆能射，士卒有病者，常使一子视之，戒以不愈必笞之。抚养羌属，亲入其帐，得其欢心，争为之用。寇至屡破之。部落待遇如家人。有功者或解所服金带，或撤席上银器遗之。比数年，青涧城遂成富强，于延州诸寨中，独不求益兵、运刍粮。众云亦出《墓志》。

洛苑副使、知青涧城种世衡，为属吏李戎以擅用官物诸不法事讦讼，按验有状。鄜延路经略使庞公奏："世衡披荆棘，立青涧城，若一一拘以文法，则边将无所措手足。"诏勿问。顷之，世衡徙知环州，将行，别庞公，拜且泣曰："世衡心肠铁石，今日为公下泪也。"颍公云。

庆历二年春，范文正公巡边，至为环庆经略使。环州属羌，多怀贰心，密与元昊通。公以世衡素得属羌心，而青涧城已完固，乃奏徙世衡知环州以镇抚之。有牛奴讹，素崛强，未尝出见州官，闻世衡与约明日当至其帐，慰劳部落。是夕，雪深三尺，左右曰："奴讹凶诈难信，且道险，不可行。"世衡曰："吾方以信结诸胡，可失期耶？"遂冒雪而往。既至，奴讹尚寝，世衡蹴起之，奴讹大惊，曰："吾世居此山，汉官无敢至者，公乃不疑吾耶？"率部落罗拜，皆感激心服。出《墓志》。

羌酋慕恩部落最强，世衡皆抚而用之。尝夜与慕恩饮，出侍姬以佐酒。既而世衡起入内，潜于壁隙窥之。慕恩窃与侍姬戏，世衡遽出掩之。慕恩惭惧请罪，世衡笑曰："君欲之耶？"即以遗之。由是得其死力，诸部有贰心者，使慕恩讨之，无不克。生羌归附者百余帐，纳所得元昊文券、袍带，无复贰心。世衡令诸族各置烽火，元昊掠之，更相救，常败去，遂不敢犯。郭固云。

世衡尝以罪怒一番落将，杖其背，僚属为之请，莫能得。其人被杖已，奔赵元昊，甚亲信之，得出入枢密院。岁余，尽询得其机事以归，众乃知世衡用以为间也。众云。

环、原之间，属羌明珠、密藏、康奴三种最大，素号横猾，抚之则骄不可制，攻之则险不可入，常为原州患。其北有二川，通于夏虏。二川之间,有古细腰城。庆历四年,参知政事范文正公宣抚陕西,命世衡与知原州蒋偕共城之。世衡先遣人说诱夏虏,以故未出兵争之。世衡以钱募战士,昼夜版筑,旬月而成。乃召三种酋长,谕以官筑此城,为汝御寇。三种既出其不意,又援路已绝,因而服从。世衡在役所得疾,明年正月甲子卒,属羌朝夕聚哭枢前者数日。青涧、环州吏民及属羌皆画像事之。八子:古、诊、詠、谘、谔、诉、记、谊。出《墓志》。

初,洛苑副使种世衡在青涧城,欲遣僧王嵩入赵元昊境为间,与之饮,谓曰:“虏若得汝,拷掠求实,汝不胜痛,当以实告耶?”嵩曰:“誓死不言。”世衡曰:“先试之。”乃缚嵩于庭,而掠之数百,嵩不屈,世衡曰:“汝真可也。”时元昊使其妻之兄弟、宁令之舅野利旺荣及刚浪唆,分将左右厢兵,最用事。世衡使嵩为民服,赍书与旺荣,曰:“向者得书,知有善意,欲背僭伪归款朝廷,甚善。事宜早发,狐疑变生。”且遗之枣及画龟。旺荣以闻于元昊。锁嵩囚地牢中,且半岁。会元昊欲复归中国,而耻先自言,乃释嵩囚,使旺荣遗边将书,遣教练使李文贵送嵩还,曰:“向者种洛苑书意,欲求通和耶?”边将送文贵及嵩诣延州,时庞公为经略使,已奉朝旨招纳元昊,始遣文贵往来议其事,奏嵩除三班借职。众云及自见。

东染院使种世衡长子古,初抗志不仕,慕叔祖放之为人,既而人莫之省。皇祐中,诣阙自言:“父世衡遣王嵩入夏虏,离间其用事臣,旺荣兄弟皆被诛,元昊由是势衰,称臣请服。经略使庞籍掩臣父子之功,自取两府。”庞公时为枢密使,奏称:“嵩入虏境即被囚,元昊委任旺荣如故。及元昊请服之时,先令旺荣为书遗边将。元昊妻即旺荣妹,元昊黜其妻,旺荣兄弟怨望。元昊既称臣,后二年,旺荣谋因元昊子娶妇之夕作乱,杀元昊事觉,族诛,非因嵩离间而死。臣与范仲淹、韩琦皆豫受中书札子:‘候西事平,除两府。’既而仲淹、琦先除,臣次之,非臣专以招怀之功得两府。文书具在,皆可验。”朝廷知古妄言,犹以父功,特除古天兴主簿,令御史台押出城,趣使之官。

嘉祐七年,拓跋谅祚始请称汉官,以伶人薛老峰为副使,称左司郎中兼侍御史知杂事。又请尚主,及乞国子监所印书、释氏经一藏并译经僧及幞头、工人、伶官等。诏给国子监书及释氏经并幞头,尚主,辞以昔尝赐姓,其余皆托辞以拒之。夏,当遣使者赐谅祚生辰礼物。初命内殿承制余允,台官上言:"允本庖人,更乞择使者。"乃命供备库副使张宗道。初入境,虏馆宗道于西室,逆者曰:"主人居先,礼之常也。天使何疑?"宗道曰:"仆与夏主比肩以事天子,若夏主自来,当相为宾主。尔陪臣也,安得为主人? 当循故事,仆居上位。"事久不决,虏曰:"君有几首,乃敢如此!"宗道大笑曰:"有一首耳。来日已别家人,今日欲取宗道首则取之,宗道之死,得其所矣。但恐夏国必不敢尔。"逆者曰:"译者失辞,某自谓有两首耳。"宗道曰:"译者失辞,何不斩译者,乃先宗道?"自云:"两国之欢如鱼水。"宗道曰:"然则天朝,水也。水可无鱼,鱼不可无水。"

于内帑借钱一百二十万,绸绢七十万,银四十万,锦绮二十万,助十分之七。

汴张巩大兴狭河之役,使河面俱阔百五十尺,所修自京东抵南京,以东已狭,不更修也。今岁所修,止于开封境。王临云。

夏英公为南京留守,杖人好潜加其数。提点刑狱马洎美,武人也,劾奏之曰:"夏竦,大臣,朝廷寄任非轻。罪有难恕者,明施重刑可也,何必欺罔小人,潜加杖数乎?"诏取戒励,当时文臣,皆为英公耻之。

滕宗谅知泾州,用公使钱无度,为台谏所言。朝廷遣使者鞫之,宗谅闻之,悉焚公使历,使者至不能案,朝廷落职,徙知岳州。君贶云。

滕宗谅知岳州,修岳阳楼,不用省库钱,不敛于民,但榜民间有宿债不肯偿者,献以助官,官为督之。民负债者争献之,所得近万缗,置库于厅侧,自掌之,不设主典案籍。楼成,极雄丽,所费甚广,自入者亦不鲜焉。州人不以为非,皆称其能。君贶云。

谏议大夫李宗咏,昔侍中崧之孙也。父粲,崧之庶子。崧之遇祸,粲犹在襁褓,其母投之墙外,由是独得免。崧于故相昉为从叔,世居深州饶阳,坟墓夹道,崧在道东,谓之"东李",昉在道西,谓之"西李",故宗咏犹与宗谔联名。治臣云。

黄庠,洪州人,文学精赡,取国子监进士解、贡院奏名皆第一,声誉赫然,天下之士皆服为之下。及就殿试,病不能执笔,有诏复举就殿试,未及期而卒。

　　杨寔字审贤,两为国子解元,贡院奏名、殿廷唱第皆第一,未除官而卒。

　　冯京字当世,鄂州人,府解、贡院殿廷皆第一。自见。

　　欧阳修字永叔,吉州人。举进士,国子补监生,发解礼部,奏名皆第一人。天圣八年及第。

　　嘉祐七年三月乙卯,以参知政事孙抃为观文殿学士、同群牧制置使,枢密副使赵㮣为参知政事,翰林学士、左司郎中、权知开封府吴奎为枢密副使。抃以进士高第,累官至两制。性淳厚,无他材。上以久任翰林,擢为枢密副使。多病,昏忘,医官自陈劳绩求迁,吏以文书白抃。抃见吏衣紫,误以为医官,因引手案上,谓曰:“抃数日来体中不佳,君试为诊之。”闻者传以为笑。及在政府,百司白事,但对之拱默,未尝开一言。是时,枢密使张昇屡以老乞致仕,朝论以抃次应为枢密使,恐必不胜任。殿中侍御史韩缜因进见,极言其不才,当置之散地。抃初不知。后数日,中书奏事退,宰相韩琦、曾公亮独留身在后,抃下殿,谓参知政事欧阳修曰:“丞相留身何也?”修曰:“岂非奏君事也?”抃曰:“抃有何事?”修曰:“御史韩缜言君,君不知也。”抃乃顿足摘耳,曰:“不知也。”因移疾请退,朝廷许之。

卷十

文潞公知益州，喜游宴。尝宴铃辖廨舍，夜久不罢，从卒辄拆马厩为薪，不可禁遏。军校白之，座客股栗，公曰："天实寒，可拆与之。"神色自若，饮宴如故，卒气沮，无以为变。杨希元云。

故相刘沆薨，赠侍中，知制诰张瓌草诰词，颇薄其为人。其子瑾诣阙，累章讼冤，称瓌挟私怨，至诋瓌云"祖奸，父赃，母秽，妻滥"。瓌，泊之孙，父方泂，尝以赃抵罪，母、妻之谤，出于钱晦所讼"一门萃众丑，一身备百恶"。又帅兄弟妇女，衰绖诣待漏院哭诉。执政褒赠乃朝廷恩典，瓌不当加贬黜之词。五月戊子，或云四月庚午。瓌左迁知黄州，然瑾竟亦不敢请谥。

张密学奎、张客省亢母宋氏，白之族也。其夫好黄白术，宋氏伺其夫出，取其书并烧炼之具悉焚之。夫归，怒之，宋氏曰："君有二子，不使就学，日见君烧炼而效之，他日何以兴君之门？"夫感其言而止。宋氏不爱金帛，市书至数千卷，亲教督二子，使读书。客至，辄于窗间听之。客与其子论文学、政事，则为之设酒肴。或闲谈、谐谑，则不设也。侨居常州，胡枢密宿为举人，有文行，宋氏以为必贵。亢少跅弛，宋氏常藏其衣冠，不听出。惟胡秀才召，乃给衣冠使诣之。既而二子皆登进士第，仕至显官。景公云。

张密学奎少嗜酒，尝有酒失，母怒，欲笞之，遂不复饮，至终身。

崔公孺，谏议大夫立之子，韩魏公夫人之弟也。性亮直，喜面折人。魏公执政，用监司有非其人者。公孺曰："公居陶镕之地，宜法造化为心。造化以蛇虎者害人之物，故置蛇于薮泽，置虎于山林。公今乃置之通衢，使为民害，可乎？"魏公甚严惮之。

范仲淹，字希文，早孤，从其母适朱氏，因冒其姓，与朱氏兄弟俱举学究。少忬瘁，尝与众客同见谏议大夫姜遵，遵素以刚严著名，与人不款曲，众客退，独留仲淹，引入中堂，谓其夫人曰："朱学究年虽少，奇士也。他日不惟为显官，当立盛名于世。"遂参坐置酒，待之如骨肉。人莫测其何以知之也。年二十余，始改科举进士。尧夫云。

晏丞相殊留守南京，仲淹遭母忧，寓居城下。晏公请掌府学，仲淹尝宿学中，训督学者，皆有法度，勤劳恭谨，以身先之。夜课诸生读书，寝食皆立时刻，往往潜至斋舍诇之。见有先寝者，诘之，其人给云："适疲倦，暂就枕耳。"仲淹问："未寝之时，观何书？"其人亦妄对。仲淹即取书问之，其人不能对，乃罚之。出题使诸生作赋，必先自为之，欲知其难易，及所当用意，使学者准以为法。由是四方从学者辐辏。其后宋人以文学有声名于场屋朝廷者，多其所教也。服除，至京师，上宰相书，言朝政得失民间利病，凡万余言，王曾见而伟之。时晏殊亦在京师，荐一人为馆职，曾谓殊曰："公知范仲淹，舍不荐，而荐斯人乎？已为公置不行，宜更荐仲淹也。"殊从之，遂除馆职。顷之，冬至立仗，礼官定议欲媚章献太后，请天子帅百官献寿于庭，仲淹奏，以为不可。晏殊大惧，召仲淹，怒责之，以为狂。仲淹正色抗言曰："仲淹受明公误知，常惧不称，为知己羞，不意今日更以正论得罪于门下也。"殊惭无以应。

黄晞，闽人，好读书，客游京师，数十年不归。家贫，谒索以为生，衣不蔽体，得钱辄买书，所费殆数百缗，自号"聱隅子"。石守道为直讲，闻其名，使诸生如古礼，执羔雁束帛，就里中聘之，以补学职，晞固辞不就。故欧阳永叔《哭徂徕先生》诗云"羔雁聘黄晞，晞惊走邻家"是也。著书甚多。至和中，或荐于朝，除试太学助教，月余，未及具绿袍，遇疾，暴卒。一子，甚愚鲁，所聚及自著书，皆散无存者。好谦云。

杜祁公衍，杭州人，父早卒，遗腹生公，其祖爱之。幼时，祖父脱帽，使公执之，会山水暴至，家人散走，其姑投一竿与之，使挟以自泛。公一手挟竿，一手执帽，漂流久之，救得免，而帽竟不濡。前母二子，不孝悌，其母改适河阳钱氏。祖父卒，公年十五六，其二兄以为母私财以适人，就公索之，不得，引剑斫之，伤脑。走投其姑，姑匿之重橑上，出血数升，仅而得免。乃诣河阳，归其母。继父不之容，往来孟、洛间，贫甚，佣书以自资。尝至济源，富民相里氏奇之，妻以女，由是资用稍给。举进士，殿试第四。及贵，其长兄犹存，待遇甚有恩礼。二兄及钱氏、姑氏子孙，受公荫补官者数人，仍皆为之婚嫁。崔峋云。

庆历三年九月丁卯，上幸天章阁，召中书、枢密院官朝拜太祖、太宗御容，观内库瑞物，因问安边大略，移刻而罢。

庆历四年四月戊戌，上与执政论及朋党事，参知政事范仲淹对曰："方以类聚，物以群分。自古以来，邪正在朝，未尝不各为一党，不可禁也。在圣鉴辨之耳。诚使君子相朋为善，其于国家何害？"

庆历四年五月己巳，诏特徙右司谏、直集贤院、知渭州兼泾原路部署尹洙知庆州。先是，资政殿学士郑戬兼陕西四路招讨经略都部署，内殿崇班、渭州西路巡检刘沪建策，以为秦、渭两路有急，发兵相援，路出陇坻之内，回远，恐不及事，请募熟户，于山外筑永洛、结公二城，以兵戍之，缓急以通援兵之路。戬以状闻，命沪及著作佐郎董士廉董其役。会枢密院使韩琦陕西宣抚还，奏罢四路招讨，以戬知永兴军。又言："山外多熟户，恐城未毕而寇至，请罢之。"戬因极言筑二城之利，不可辄罢。诏三司副使鱼周询往视其利害。未至，尹洙召沪、士廉令还，沪、士廉以熟户既集，官物无所付，请遂城之。洙怒，以沪、士廉违部署司节制，命泾原路部署狄青往斩之，青械系沪、士廉于德顺军。及周询还，言二城利害与戬议同，乃徙洙于庆州，沪降二官，士廉徙他路，官特支修城禁军、弓箭手等钱有差。

庆历四年六月，范希文宣抚陕西、河东，自知权要恶之者多，上益厌之，乃上章乞罢政事，除一郡。上欲听其请，章郇公言于上曰："仲淹素有重名，今一请而罢之，恐天下皆谓陛下黜贤臣，不若且赐诏不允。若仲淹即有表谢，则是挟诈要君，乃可罢。"上从之。希文果奉表谢，上曰："果如章得象言。"遂罢知邠州。既而杜丞相、富彦国、韩稚圭、欧阳永叔、俞希道稍稍皆以事得罪矣。始平公云。

庆历六年八月甲戌，以谏议大夫参知政事吴育为枢密副使，丁度为参知政事。是时，宰相贾昌朝、陈执中议罢制科，育以为不可，争论于上前，退而上章求解政务，故有是命。庞籍为枢密副使在度前，籍女嫁参知政事宋庠之子，庠因言于上，以亲戚共事为嫌，故度得先之。

通、泰、海州皆滨海，旧日潮水皆至城下，土田斥卤，不可稼穑。范文正公监西溪仓，建白于朝，请筑捍海堤于三州之境，长数百里，以卫民田，朝廷从之。以文正为兴化令，专掌役事。又以发运使张伦兼知泰州,发通、泰、楚、海四州民夫治之。既成,民至于今享其利。兴化之民往往以范为姓。

野利王旺荣、天都王刚浪唆者,皆元昊妻之昆弟也,与元昊族人嵬名山等四人为谟宁令,共掌军国之政,而刚浪唆勇健有智谋,尤用事。种世衡知青涧城,白始平公,遣土僧王嵩遗刚浪唆书。元昊囚嵩,而使刚浪唆麾下教练使李文贵诣世衡所,阳为不喻,曰:"前者使人以书来,何意也? 岂欲和亲耶?"公以其言妄,止文贵于青涧城。后数月,元昊寇泾原,葛怀敏战没。会梁适使契丹,契丹主谓适曰:"元昊欲归款南朝而未敢,若南朝以优礼怀来之,彼必洗心自新矣。"于是密诏公招怀元昊:元昊苟肯称臣,虽仍其僭称亦不害;若改称单于可汗,则固大善。公以为若此间使人往说之,则元昊益骄,不可与言。乃自青涧城召李文贵,谓之曰:"汝之先王及今王之初,奉事朝廷,皆不失臣节。汝曹忽无故妄加之名,使汝主不得为朝廷臣,纷纷至今,使彼此之民肝脑涂地,皆汝群下之过也。汝犯边之初,以国家承平日久,民不习战,故屡与汝胜。今边民亦习战,汝之屡胜,岂可常耶? 我国家富有天下,虽偏师小衄,未至大损。汝兵一败,社稷可忧矣。天之立天子者,将使溥爱四海之民而安定之,非欲残彼而取快也。汝归语汝主:若诚能悔过从善,降号称臣,归款朝廷,以息彼此之民,朝廷之所以待汝者,礼数赏锡必优于前矣。"文贵顿首曰:"此固西人日夜之愿也。龙图能为言之朝廷,使彼此息兵,其谁不受赐!"公乃厚待而遣之。顷之,文贵复以刚浪唆等遗公书来言和亲之意,用邻国抗敌之礼,公上之。朝廷为还书草,称刚浪唆等为太尉,使公报之。公曰:"方今抑其僭名,而称其臣已为三公,则元昊可降屈耶? 不若称其胡中官谟宁令,非中国之所谕,无伤也。"朝廷善而从之。刚浪唆又以书来,欲仍其僭称,公不复奏,即日答之,曰:"此非边臣之所敢知也。若名号稍正,则议易合耳。"于是元昊使伊州刺史贺从勖上书,称"男邦泥定国兀卒曩霄上书父大宋皇帝"。从勖至京师,朝廷遣邵良佐、张子奭等复往议定名号,及每岁所赐之物,及他盟约,使称臣誓表上之。

至和三年春,仁宗寝疾,不能言,两府以设道场为名,皆宿禁中,专决庶政。有禁卒诣开封府告大校谋为变者,府中夜封上之。时富公以疾谒告，惟潞公、刘相、王伯庸居中。旦日，潞公召三帅问："大校平日所为如何？"三帅言其谨愿，潞公秉笔欲判其状，斩告变者。伯庸捏其膝，乃请刘相判之。

仁宗寝疾，两府虽宿禁中，数日不知上起居。潞公召内侍都知等诘之曰："主上疾有增损，皆不令两府知，何也？"对曰："禁中事，不敢漏泄。"潞公怒曰："天子违豫，海内寒心。彦博等备位两府，与国同安危，岂得不预知也？何谓漏泄？"顾直省官曰："引都知等至中书，令供状：今后禁中事如不令两府知，甘伏军令。"诸内侍大惧。日暮，皇城诸门白下锁，都知曰："汝自白两府，我当他剑不得。"由是禁中事两府无不知者。枢密使王德用开便门入中书，潞公执守门亲事官付府挞之。明日，谓同列曰："昨日悔不斩守门者。天子违豫，禁中门户岂得妄开也。"

先是，诏周后柴氏，每遇亲郊，听奏补一人充班行。至是，或上言："皇嗣未生，盖以国家未如古礼封二王后。"嘉祐四年四月癸酉，诏："择柴氏族人最长一人除京官，已在班行则换文资，仍封崇义公，于河南、郑州境内与应入差遣，更给公田十顷。其周室陵庙，委之管勾，岁时祭享。如至知州资序，即与他处差遣，更取以次近亲袭爵受官承替。"

嘉祐七年正月辛未，学士院奏：定郊祀天地，宜止以一帝配佑。温成皇后庙请去扁榜，自今不复命两制祠，止令本庙使臣行礼。

嘉祐七年五月辛未，枢密副使包拯薨，车驾临幸其第。拯字希仁，庐州人，进士及第，以亲老侍养，不仕宦且十年，人称其孝。后历监察御史，为天章阁待制、知谏院，迁龙图阁直学士、知瀛州，又迁枢密直学士、知开封府。为人刚严，不可干以私，京师为之语曰："关节不到，有阎罗包老。"吏民畏服，远近称之。历御史中丞、三司使、枢密副使，薨。拯为长吏，僚佐有所关白，喜面折辱人，然其所言若中于理，亦幡然从之。刚而不愎，亦人所难也。

尹师鲁谪官监均州酒，时范希文知邓州，师鲁得疾，即擅去官，诣邓州，以后事属希文。希文日往视其疾，师鲁曰："今日疾势复增几分，可得几日。"一旦，遣人招希文甚遽，既至，师鲁曰："洙今日必死矣。人言将死者必见鬼神,此不可信,洙并无所见,但觉气息奄奄渐欲尽耳。"隐几坐,与希文语久之,谓希文曰:"公可出,洙将逝矣。"希文出至厅事,已闻其内号哭。希文竭力送其丧及妻孥归洛阳。黄好谦云。

　　余靖本名希古,韶州人。举进士,未预解荐,曲江主簿王仝善遇之,为干知韶州者举制科。知州怒,以为玩己,按其罪,无所得,惟得与仝、希古接坐,仝坐违敕停任,希古杖臀二十。仝遂闲居虔州,不复仕进。希古更名靖,字安道,取他州解及第。景祐中,为馆职,为范文正讼冤获罪,由是知名。范公入参大政,引为谏官。秘书丞茹孝标丧服未除,入京师私营身计,靖上言:"孝标冒哀求仕,不孝。"孝标由是获罪,深憾靖。靖迁龙图阁直学士,王仝数以书干靖求贷,靖不能应其求。孝标闻靖尝犯刑,诈匿应举,乃自诣韶州购求其案,得之。时钱子飞为谏官,方攻范党,孝标以其事语之,子飞即以闻。诏下虔州问王仝。靖阴使人讽仝令避去,仝辞以贫不能出,靖置银百两于茶笼中,托人饷之。所托者怪其重,开视窃银而致茶于仝,仝大怒。及诏至,州官劝仝对"当日接坐者余希古,今不知所在",仝不从,对称"希古即靖是也"。靖竟坐以左屯卫将军分司。伯淳云。

　　余靖初及第,归韶州,州吏尝鞫其狱者往见之,靖不为礼,吏恨之,乃取靖案,裹以缇油,置于梁上。吏病且死,嘱其子曰:"此方今达官之案,他日朝廷必来求之。汝谨掌视,慎勿失去。"及茹孝标求其案,人以为事在十年前,必不在,孝标访于吏子,竟得之。伯达云。

　　丁度字公雅,开封祥符人。祖颙,尽其家资聚书至八千卷,为大室以贮之,曰:"吾聚书多,虽不能读,必有好学者为吾子孙矣。"父逢吉,以医事真宗于藩邸,官至将作监丞致仕。度以祀汾阴岁举服勤词学第二人登科,解褐大理评事、通判通州事,迁太子中允、直集贤院。今上即位,度上书请博延儒臣、劝讲道谊,增置谏官、切劘治体,垦辟荒芜、安集流窜,以为州县殿最。章献皇后善之,迁太常博士,赐绯。俄出知湖州事,徙京西转运使,以祠部员外郎知制诰,迁翰林学士。久之,兼侍读学士,又加承旨,又兼端明殿学士。国朝故事,中书制民政,枢密专兵谋。及赵元昊逆命,朝廷事多,度建言:"古之号令皆出于一,今二府分兵民之政,若措置异同,则下无适从,非为国体。"于是始诏军旅重务,二府通议。度在两禁十五年,性宽厚,若不修威仪,流辈多易之。上尝从容问度:"用人资序与才器孰先度?"对曰:"天下无事则循守资序,有事则简拔才器。"上甚善之。会谏官有言度乘间求进者,上以度言谕执政,且曰:"度侍从十五年,而应对如是,不自为地,真淳厚长者也。"寻以为工部侍郎、枢密副使。逾年,参知政事。顷之,卫士为变,事连宦官杨怀敏,枢密使夏竦言于上:"请使御史与宦官同于禁中鞫其狱,不可滋蔓,使反侧者不自安。"度曰:"宿卫有变,事关社稷,此可忍,孰不可忍!"因请付外台穷治党与。自旦争至食时,上卒从竦议。未几,度求解政事。时初置紫宸殿学士,以度为之,兼侍读学士,寻以"紫宸"称呼非宜,改为观文殿学士。后数年薨,赠吏部尚书,谥文简。度早丧妻,晚年学修养之术,尝独居静室,左右给使惟老卒一二人而已。

文彦博知永兴军,起居舍人母湜,鄠人也,至和中,湜上言:"陕西铁钱不便于民,乞一切废之。"朝廷虽不从,其乡人多知之,争以铁钱买物,卖者不肯受,长安为之乱。民多闭肆,僚属请禁之。彦博曰:"如此,是愈使惑扰也。"召丝绢行人,出其家缣帛数百匹,使卖之,曰:"纳其直尽以铁钱,勿以铜钱也。"于是众晓然,知铁钱不废,市肆复安。

拓跋谅祚之母密臧氏,本野利旺荣之妻,曩霄通焉,有娠矣。曩霄初娶野利氏,生子宁令,将纳刚朗凌女为妇,旺荣与刚朗凌谋,因成婚之夕,邀曩霄至其帐,伏兵杀之。事泄,族诛。密臧氏削发为尼,而生谅祚。庆历八年正月辛未,宁令弑曩霄,国人讨诛之,立谅祚。邢佐臣云。

卷十一

王罕云：侬智高犯广州，罕为转运使，出巡至梅州，闻之而还。仲简使人间道以蜡丸告急，且召罕，罕从者才数十人，问曰："围城何由得入？"曰："城东有贼所不到者可以夜缒而入。"罕曰："不可。"进至惠州，广民拥马求救，曰："贼围城，十县民皆反，相杀掠，死伤散野。"罕曰："吾闻之先父曰：'凡有大事，必先询识者，而后行之。无人，则询老者也。'"乃召耆老问之，对曰："某家客户十余人，今复亡为贼矣。请各集兵卫其家。"罕曰："贼者多以庄客，何以御之？"仍召每村三大户，与之帖，使人募壮丁二百，又帖每县尉募弓手三千人以自卫。捕得暴掠者十余人，皆腰斩之。又牒知州、知县、县令皆得擅斩人。一夕，乡村肃然。罕为募民骁勇者以自随，得二千人，船百艘，制旌旗钲鼓，长驱而下，趣广州。蛮兵数千人来逆战，击却之。蛮皆敛兵聚于城西，乃开南门，作乐而入。罕不视家，登城，子死于贼人之手而不哭。树鹿角于南门之西以拒蛮，自是南门不复闭矣，凡粮用，皆自南门而入。东关主簿黄固取抛村，知新州侍其渊在广州，罕以其忠勇与之共守。蛮众数万，皆所掠二广之民也，使之昼夜攻城，为火车，顺风已焚西门。时六月，城上不能立，军校请罕下城少休，罕欲从之，渊奋剑责军校曰："汝曹竭力拒敌，则犹可以生，若欲溃去，纵不为贼所灭，朝廷亦当族汝。前部亦欲何之？"罕乃止，士气亦百倍，蛮车不能克而退。提刑鲍轲率其孥欲过岭北，至雄州，萧勃留之，乃日递一奏。又召罕至雄州计事，罕不来，又奏之。谏官李兑奏罕只在广州端坐，及奏罕退走。围解，罕降一官，信州监税，轲受赏，罕不自言。黄固当解城时最输力，已而磨勘若有不足者，渊亦得罪，渊功亦不录。罕云王纮云。

庆历四年二月庚子，供奉陈曙等迁官，赏讨光化贼之功也。先是，知光化军、水部员外郎韩纲性苛急，失众士心。去年九月，群盗张海等入光化军境，剽劫闾里，纲部分宣毅军士三百余人，被甲乘城，凡十余日。城中民高赀者献蒸饼酒肉以享甲士，纲以饼肉之半犒士，及赐酒人一卮，而斥卖其余，欲以其钱市兵器为守御备。军士营远者或不时得饮食，而纲所给饼常至日旰，燥硬不可食。时有监押使在军中，所部军士不以请给历自随，民又请献钱以资监押之军士。纲曰："本军之士尚无钱给之，何有于监押？"悉辞不受。军士遂讹传民献以资乘城之士，而知军却之，益加怨愤。纲又使员僚王德作城内布兵图，久之不成，纲怒，骂曰："我不敢斩汝耶！"因召刽子，令每日执剑待命于庭下。十月三日，民有入粟得官者骆子中通刺谒纲，纲迎语子中不用拜。军士误听，以为子中献钱而纲辞不取。时方给饼肉，员僚邵兴叱军士起，曰："汝辈勿食此！"因出屋外，投蒸饼入纲庭中。纲怒，命执投饼者，得数人，械系于狱。明日，狱司以节状追捕其党，邵兴惧，因纠率其众，盗取库中兵器作乱，欲杀纲，纲自宅后逾城逃出，乘小舟沿汉下数里，再宿而后返，与官吏皆逃。兴等遂焚掠居民，劫其指挥使李美及军士三百余人，行趋蜀道。李美老不能行，于道自经死。兴独率其众与商州巡检战，杀之。员僚赵干及军百余人，自贼所走还光化军。兴所过劫掠民居行旅，及败兴元府兵于饶风岭，杀其将，兴元府员僚赵明以众降兴。兴闻洋州有虎翼兵，畏之，乃自州北循山而西。州遣捉贼使臣李方将虎翼兵追之。二十九日，击破兴等于渭水，斩兴及其党五十余人，生擒赵明，余党皆溃，州县逐捕，尽诛之。陈曙等皆以功迁，纲坐弃城除名，英州编管。监押许士从追三官，舒州编管。

庆历四年八月乙卯，上曰："近观诸路提转所按举官吏，务为苛刻，不存远大，可降诏约束。"

保州云翼兵士旧有特支口粮，通判石待举以为安坐冗食，白转运司减之。军士怨怒，作乱，杀知州、通判、都监，以监押韦贵为主，闭城拒命。诏真定府副都部署李昭亮、沿边都巡检入内押班杨怀敏、知定州皇城使贺州刺史王果等讨之。丙辰，枢密奏，保州城下诸将未有统一，诏富弼乘驿诣城下，授之节制，以便宜从事。九月，李昭亮、杨怀敏命侍禁郭逵以诏书入城招谕乱兵，乱兵开城出降，有数百后出，悉诛。庚申，河北都转运使按察使、工部郎中、天章阁待制张昷中落职知虢州；副使、刑部郎中、直史馆张沔降充工部郎中、知汝州，皆坐减云翼食及不觉察乱兵也。郭逵加阁门祗候。逵兄遵以勇力闻，从刘平与夏虏战死五龙水。

周革曰：景德中，中国作誓书以授虏，虏继之以四言曰："孤虽不才，敢遵誓约。有渝此盟，神明殛之。"庆历中，岁增给二十万，更作誓书亦如之。嘉祐初，枢密院求誓书不获，又求宁化军疆境文字，亦不获。于是韩稚圭曰："枢密院，国家戎事之要，今文书散落如此，不可。"乃命大理寺丞周革编辑之，数年而毕，成千余卷。得杜衍祁公手录誓书一本于废书，其正本不复见。

庆历中，契丹以兵压境，欲复周世宗所取关南之地，腾书中国，其言周世宗曰："人神共怒，社稷不延。"其言太宗曰："恃有征之志，已定并、汾；兴无名之师，直抵幽、蓟。"富公之使北也，朝廷以三书与之：其一增物二十万，其一增十万，其一以公主妻梁王。约曰："能为我令元昊称臣纳款，我岁增二十万物；不能者，岁增十万物。"契丹曰："元昊称臣纳款，我颐指之劳耳。汝当以二十万与我，然当谓之'献'，或谓之'纳'，然后可。至于公主，则不必尔也。"富公固争献纳之名，归白朝廷。

庆历三年十二月八日，韩琦奏："窃以元昊叛逆，朝廷未能诛讨，欲为守御之计，则莫若修完城寨，贼来则坚壁清野以待之，使其不战而困，此经久之策也。臣前至泾原，见缘边堡寨隳损，应增置者甚众，合计度修筑。其山外弓箭手等，今年以来，役作甚苦。又闻来春欲令兴修水洛、结公二城，以通秦州、泾原救应之路。其间自泾原章川堡至秦州床穰寨一百三十里，并是生户所居，只于其中通达一径，须作二大寨、十余小堡乃可通。计其土功，何啻百万。更须采伐林木，作楼橹营廨，又须分正兵三四千人屯守，积蓄刍粮。所费如此，只求一日通进援兵。又救应山外，比积石、仪州、黄石河路只省得两程，况刘沪昨已杀永平路城一带生户，李中和降陇州城一带蕃部，各补署职各充熟户，将来若进援兵，动不下五六千人，小小蕃族，安敢为梗？则知不须城寨已可往来。况今近里要害城堡尚多阙漏，岂暇于孤僻无益之处枉劳军民？事之缓急，当有先后。伏乞只作朝廷指挥，下陕西缘边四路部署司、泾原经略司，将泾原路弓箭手等，来春且令修筑逐地未了堡寨，其水洛、结公二城权住修筑，候向来城寨修完了毕，别奏取旨。如朝廷未以为然，乞选差亲信中使，至泾原秦凤路询问文彦博、狄青、尹洙，即知修水洛城便与未便。"诏如议罢修。先是，内殿崇班、渭州西路巡检刘沪建策修二城，陕西四路招讨部署郑戬主其事，知秦州文彦博、知渭州尹洙等皆不欲修。会琦自陕西宣抚还，奏请罢之。又罢四路招讨，以戬知永兴军。因极言筑二城之利，不可罢，遣沪与著作佐郎董士廉依前策修之。议者纷纭不决。诏三司副使鱼周询往视其利害。未至，洙召沪、士廉令罢役，蕃部皆遮止沪等，请自备财力，卒修二城，沪、士廉亦以熟户既集，官物无所以付，恐违蕃部之意，别致生变，遂城之。洙以沪、士廉违节度，命狄青往斩之，青囚之以闻。于是城中蕃汉之民皆逃溃，生户及亡命等争据其地。韩琦又言："郑戬奏乞令臣不预商量。臣常患臣僚临事多避形逃迹，或致赏罚间有差误。因退思之，臣在西边及再任宣抚，首尾五年，只在泾原、秦凤两路，于水洛城事，比之他人知之甚详。今若隐而不言，复事形迹，则是臣偷安不忠，有误陛下委任之意。臣是以不避诛责，辄陈所见利害，凡十三条。"诏札与鱼周询等及陕西都转运使程戡等，而周询及戡已先具奏："二城修之，于边计甚便，况水洛城今已修毕，惟女墙少许未完，弃之可惜，诚宜遂令讫役。"五月十六日，诏戡等卒城之。

　　琦所论十三条，大略言：水洛左右皆小小种落，不属大朝，今夺取其地，于彼置城，于元昊未有所损，于边亦无所益，一也。缘边禁军、弓箭手连年借债修葺城寨，尚未完备，今又修此城堡，大小六七，计思二年方可得成，物力转见劳敝，二也。将来修成上件城堡，计思分屯正军不下五千人，所要粮草并须入中和籴，所费不小，三也。自来泾原、秦凤两路通进援兵，只为未知得仪州、黄石河路，所以议者多欲修水洛一带城寨。自近岁修成黄石河路，秦凤兵往泾原并从腹内经过，逐程有驿舍粮草。若救静边寨，比水洛只远一程；若救镇戎、德顺军比水洛却近一程。今来水洛劳费如此，又多疏虞，比于黄石河腹内之路，远近所较不多，四也。陕西四路自来只为城寨太多，分却兵势，每路正兵不下七八万人，及守城寨之外，不过二万。今泾原、秦凤两路若更分兵守水洛一带城寨，则兵势转弱。兼元昊每来入寇，不下十余万人，若分三四千人于山外静边、章川堡以来出没，则两路援兵自然阻绝，其城寨内兵力单弱，必不敢出城，不过自守而已。如此，是枉费功力，临事一无所济。况自来诸路援兵，极多不过五六千人至一万人，作节次前来，只是张得虚声，若先为贼马扼其来路，必应援不及；若自黄石河路，则贼隔陇山，不能扼截，五也。自陇州入秦州，由故关路，山阪险隘，行两日方至清水县，清水北十里则为庥穰寨，自清水又行山路，两日方至秦州。由是观之，秦州远在陇关之外，最为孤绝。其东路隔限水洛城一带生户，道路不通，秦州视之以为篱帐，只备西路三都口一带贼马来路。今若开水洛城一带道路，其城寨之外必渐有人烟耕种，蕃部等更不敢当道住坐，奸细之人易来窥觇。贼若探知此路平快，将来入寇，分一道兵自庥穰寨扼断故关及水洛，则援兵断绝，秦州必危。所以秦人闻言开道，皆有忧虑之言，不可不知，六也。泾原路缘边地土最为膏腴，自来常有弓箭手家人及内地浮浪之人，诣城寨官员，求先刺手背，候有空闲地土，强人为之标占，此辈只要官中添置城寨，只落夺得蕃部土地耕种，又无分毫租税。缓急西贼入寇，则和家逃入内地，事过之后，却来首身。所以人数虽多，希得其力。又商贾之徒，各务求嘱于新城内射地土居住，取便于蕃部交易。昨来刘沪下唱和修城之人，尽是此辈，于官中未见有益，七也。泾原一路，重兵皆在渭州，自渭州至水洛城，凡六程。若将来西贼以兵围胁水洛城，日夕告急，部署司不可不救，少发兵则不能前进，多发兵则与前来葛怀敏救定川寨覆没大军事体一般。所以泾原路患见添置城塞者，一恐分却兵马，二恐救应转难，八也。议者修水洛城，不惟通两路，援兵亦要弹压彼处一带蕃部。缘泾原、秦凤两路，除熟户外，其生有蹉鹘谷、者达谷、必利城、腾家城、袤城、古渭州、龛谷、洮河、兰州、叠、岩州，连宗哥、青塘城一带，种类莫知其数，然族帐分散，不相君长，故不能为中国之患，又谓元昊为草贼，素相仇雠，不肯服从，今水洛城乃其一也。朝廷若欲开拓边境，须待西北无事，财力强盛之时，当今取之，实为无用，九也。今修水洛城，本要通两路之兵，其陇城川等大寨，须藉秦凤差人修置，今秦州文彦博累有论奏，称其不便，显是妨碍，不合动移，十也。凡边上臣僚图实效者，特在于选举将校、训练兵马、修完城寨、安集蕃汉，以备寇之至而已。贪功之人则不然，惟务兴事求赏，不思国计。故昨来郑戬差许迁等部领兵马修城，又差走马承受麦知微作都大照管名目，若修城功毕，则皆是转官酬奖之人，不期与尹洙、狄青所见不同，遂至中辍，希望转官，皆不如意。今若复修水洛城，则陇城川等又须相继兴筑，其逐处所差官员将校，人人只望事了转官，岂肯更虑国家向后兵马粮草之费？十一也。昨者泾原路抽回许迁等兵马之时，只筑得数百步，例各二尺以来。其刘沪凭恃郑戬，轻视本路主帅，一向兴工不止，及至差官交割，又不听从，此狄青等所以收捉送禁、奏告朝廷。今来若以刘沪全无过犯，只是狄青、尹洙可罪，乃是全不计修水洛城经久利害，只听郑戬等争气加诬，则边上帅臣自此节制不行，大害军事，十二也。陕西四路，惟泾原一路所寄尤重，盖川原平阔，贼路最多，故朝廷委尹洙、狄青以经略之任。近西界虽遣人议和，自杨守素回后，又经月余，寂无消耗，环庆等路不住有贼马入界侵掠。今已五月，去防秋不远，西贼奸计大未可量，朝廷当奖励逐路帅臣，豫作支吾。今乃欲以偏裨不受节制为无过，而却加罪主帅，实见事体未顺，十三也。更乞朝廷察臣不避形迹，论列边事，时与究其利害，略去嫌疑，处置不差，事乃经久。

静江军留后刘平为鄜延、邠宁、环庆路副都部署，屯庆州。康定元年正月，鄜延路都部署范雍闻夏虏将自保安军土门路入寇，移正牒使平将兵趋土门救应。十五日，平将所部三千人发庆州。十八日，至保安军，遇鄜延路副都部署石元孙。十九日，与元孙合军趋土门。有番官言："贼兵数万已入寨，直指金明。"会得范雍牒，令平、元孙还兵救延州，平、元孙引兵还。明日，复至保安军，因昼夜兼行。二十二日，至万安镇。平、元孙将骑兵先发，令兵饭讫继进。夜至三川口西十里许，止，令骑兵先趋延州夺门。是时，东染院副使、鄜延路驻泊都监黄德和将兵二千余人屯保安军北碎金路，巡检万俟政、郭遵各将所部分屯他所，范雍皆以牒召之，使救延州，平又使人促之。明日平旦，平所部步兵尚未至，平与元孙还逆之，至二十里马铺乃遇兵。及德和、郭遵各所部兵皆会，凡五将，合步骑近万人。乃引兵东行，且五里,平下令诸军唱杀齐进。又行五里,至三川口,遇贼。是时平地有雪五寸许,贼于水东为偃月阵,官军亦于水西作偃月阵相向。贼稍遣兵涉水为横阵,郭遵及忠佐王信先往薄之,不能入。既而官军并进,击却之,夺其傍牌,杀获及溺水者八九百人。平左耳后及右胫皆中箭。会日暮,军士争挈人头及斫马,诣平论功,平曰:"战方急,且自记之,悉当赏汝也。"言未究,贼引生兵大至,直前荡官军,官军却二三十步。是时黄德和在阵后,先率麾下二三百人走上西南山,众军顾之皆溃。平子侍禁宜孙追及德和,执其马鞚,拜之数十,曰:"太保且当勒兵还,与大人并力却贼,今先去,欲何之?"德和不从。宜孙又请遣兵一二人还访其父,德和不与,宜孙与德和俱走。平使军校以剑截遮士卒近在左右者,得千余人,力战拒贼,贼退水东。平率余众保西南山下,立寨自固,距贼一里许。贼夜使人至寨傍问曰:"寨内有主将否乎?"平戒军士勿应。贼又使人诈为汉卒,传言送文牒,军士知其诈,斫杀之。至四更,贼使人绕寨诉曰:"几许残卒,不降何待?"平使指挥使李康应之曰:"狗贼,汝不降,我何降也?"且曰:"救兵大至,汝狗贼庸足破乎!"及明,平命军士整促甲马,再与贼战。贼又使人临阵叫曰:"汝肯降乎?我当舍尔。不则尽杀之。"平又使李康应曰:"我来巡边,何者为降?汝欲和者,当为汝奏朝廷耳。"贼乃举鞭麾骑自四山下,不可胜计,合击官军,死者甚众。至巳时,平与元孙巡阵东偏,贼骑直前冲阵中央,阵分为二,平与元孙皆为贼所虏。平仆夫王信以颉敦负留后印及宣敕从平在阵,与平相失,贼尽夺其衣并颉敦等,信逃窜得免。是时,黄德和自山中南走,出甘泉县北,稍稍收散卒,得五六百人,缘道纵兵士剽窃民家被寇者货财,及饮酒,杀其牛畜食之。二十五日,至鄜州。二十六日,虞候张政自战所脱归,德和问曰:"汝见刘太尉、石太尉乎?后来如何?"政当时实与刘、石相失,不能知其处,道中闻散言"刘太尉以亡失多,不敢归,已降贼矣",因言于德和曰:"刘太尉二十四日再与贼战,士卒死伤至尽,太尉令军士曰:'汝曹勿复发箭,今日败矣,吾不能庇汝曹,当解甲降之耳。'贼遂执其马鞚而去。"德和曰:"果然,吾与汝曹当诡言二十四日不肯降贼,力战得出,作奏上之,不惟解罪,亦可收功,汝曹皆有赏矣。"政出,因播其言于市里,云平降贼。散卒继至者,皆言平降贼,以顺德和意。有蕃落将吕密,实见平与元孙为贼所虏,并所得官军旗帜,收卷以去,德和间问之,亦顺指意,言:"平与元孙降贼,贼以红旗前导而去。"德和喜,命所亲吏辛睿作吕密等状,仍增损其语,使与己意相傅会。睿意谓状中有名者皆应得赏,乃更私益兵士曲荣等数人名于其中。德和即以密等状为状云:"二十三日,贼生兵冲破大阵,臣与刘平等阻西山为寨。二十四日,再与贼战,平以其卒降贼,臣等义不受屈,与数百人力战得出。"会平仆夫王信自延州来,德和与知鄜州张馆使杂问之,信私念其主为大将,而为贼所擒,可丑,因绐言:"贼使李金明来约和亲,平令李康往答之。既而康还,言元昊欲与太尉面相约结,平乘马即入贼军中,从者不得入,皆见剽剥,信独脱归。"德和起诣东厢,召信诘曰:"军士来者皆言平降,而汝独言平往约和,何也?"信曰:"此非信之所知也。"数日,德和召信诣其馆,谓曰:"汝太尉降贼,人人皆知之,我已取军士等状奏之矣。汝今言乃异同,朝廷将有制狱,汝何能受其榜楚乎?我与汝银钗一枚,汝鬻之,速去,勿留矣。"信拜受之。是时鄜州使人监守信,信欲亡不得,身无衣,寒甚,乃为书遗平子曰:"信从太尉与贼战不利,太尉入贼中约和亲。今人乃言太尉叛降贼,朝廷将有制狱,信当以死明太尉忠赤,保太尉一家。今信衣装为贼所掠,饥寒不可忍,愿衣裳及钱粮,速寄以来。"有庖人将如庆州,信与书寄之。鄜延走马承受薛文仲遇之,得其书,以闻。二月一日,德和将其众归延州,及州城南,范雍使人代领其众,遣德和归鄜州听朝廷旨,寻又徙之同州。德和始惧,奏言:"臣尽忠于国,范雍诬言臣弃军走。"又以书抵钤辖卢守懃及薛文仲求救云:"有中贵人至者,当力为营护之,死生不敢忘。"守懃等悉上其书。十一日,朝廷遣殿中侍御史文彦博、入内供奉官梁知诚即河中府置狱按之。先是,有诏:"平仆人王信乘传诣阙。"既而复械送河中府彦博按治。德和及信等不能隐,皆服其实。时河东都转运使王沿又奏言:"访知延州有金明败卒二人自虏中逃还,云刘平、石元孙、李士郴皆为贼系缚而去,平在道不食,数骂贼云:'狗贼,我颈长三尺余,何不速杀我,缚我去何也!'"彦博牒延州求二卒,皆不知处。四月十五日,具狱以闻。中书、枢密院共召大理寺约法,准律:主将以下先退者斩之。又,部曲告主者绞。二十二日,两府进呈,奉圣旨:黄德和于河中府腰斩,枭其首于延州城下,王信杖杀。

赵元昊娶于野利氏,立以为后,生子宁令,当为嗣。以野利氏兄弟旺荣为谟宁令,旺荣号野利王,刚浪唛号天都王,分典左右厢兵,贵宠用事。知青涧城事种世衡欲离间其君臣,遣僧王嵩赍银龟及书遗旺荣曰:"汝向欲归附,何不速决!"旺荣见之,笑曰:"种使君年亦长矣,乃为此儿戏乎?"因嵩于窖中,凡岁余。元昊虽屡入寇,常以胜归,然人畜死伤亦众,部落甚苦之。又岁失赐遗及缘边交市,颇贫乏,思归朝廷,而耻先发。庆历三年,使旺荣出嵩而问之曰:"我不晓种使君之意,欲与我通和耶?"即赠之衣服,遣教练使李文贵与之偕诣世衡。时龙图阁直学士庞籍为鄜延经略招讨使,以元昊新寇泾原,止之于边,不使前。朝廷以厌兵,欲赦元昊之罪,密诏籍怀之。籍上言:"虏骤胜方骄,若中国自遣人说之,彼亦偃蹇,不可与言。"乃召文贵诣延州问状,文贵言求请和,籍谓之曰:"汝先王及今王向事朝廷甚谨,由汝辈群下妄加之名号,遂使得罪于朝廷,致彼此之民血涂原野。汝民习于战斗,吾民习于太平,故王师数不利,然汝岂能保其常胜耶? 吾败不害,汝败社稷可忧。今若能悔过从善,出于款诚,名体俱正,当相为奏之,庶几朝廷或开允耳。"因赠遗遣归。文贵寻以旺荣、曹偶四人书来,用敌国修好之礼。籍以其不逊,未敢复书,请于朝廷。朝廷急于休息,命籍复书,纳而勿拒,称旺荣等为太尉,且曰:"元昊果肯称臣,虽仍其僭名可也。"籍上言:"僭名理不可容,臣不敢奉诏。太尉天子上公,非陪臣所得称。今方抑止其僭,而称其臣为上公,恐虏滋骄,不可得臣。旺荣等书自称宁令、谟宁令,此虏中之官,中国不能知其义,可以无嫌,臣辄从而称之。"旺荣等又请欲用小国事大之礼,籍曰:"此非边帅所敢知也,汝主若遣使者奉表以来,当为导致于朝廷耳。"三年正月,元昊遣其伊州刺史贺从勖上书,称"男南面邦国令曩霄上书父大宋皇帝"。籍使谓之曰:"天子至尊,荆王,叔父也,犹上表称臣,今名体未正,不敢以闻。"从勖曰:"子事父,犹臣事君也。使得至京师,而天子不许,请更归议之。"籍上言:"请听从勖诣阙,更选使者往至其国,以诏旨抑之,彼必称臣。凡名称、礼数及求自得之物,当力加裁损,必不得已,乃少许之。若所求不违,恐豺狼之心未易盈厌也。"朝廷乃遣著作佐郎邵良佐与从勖俱至其国更议之。四年五月,元昊自号夏国主,始遣使称臣。八月,朝廷听元昊称夏国主,岁赐绢茶银彩合二十五万五千,元昊乃献誓表。十月,赐诏答之。十二月,册命元昊为国主,更名曩霄。

种世衡卒,庞籍为枢密副使,世衡子古上谏官钱彦远书称:"吾父离间刚浪唆,使元昊诛之。由是元昊失其羽翼,称臣请服。今庞以吾父功为两府,而吾父无所褒赏。"彦远为上言之。籍取前后边奏辩于上前,曰:"元昊称臣请服之时,刚浪唆等方用事,文书皆其兄弟所行。称臣后数年,自以作乱被诛,非因世衡之离间也。臣向与韩琦、范仲淹俱得旨:'候西事平,除两府。'琦与仲淹先为之,非攘世衡之功而得之也。"朝廷犹以世衡有功之故,除古天兴尉丞,即日勒之官。

夏国酋长嵬名山部落在故绥州,有众万余人,其弟夷山先降,为熟户。青涧城使种谔使人因夷山以诱名山,赂以金盂,名山小吏李文喜受其赂,许以来降,名山不知也。既而,谔大发兵奄至,围其帐,名山惊,援枪欲斗,夷山呼之曰:"兄已约降,何为如是?"其姊识其声,曰:"汝为谁?"曰:"夷山也。"姊曰:"何以为验?"夷山示之手,无一指,姊曰:"是也。"名山曰:"我何尝约降?"夷山曰:"兄已受种使君金盂。"名山曰:"金盂何在?"文喜方以示之。名山投枪而哭,谔遂以兵驱其部落牛羊南还。众多遁亡,比至入塞,才四千余人。朝廷即除名山诸司使。郭帅云。

种谔之谋取绥州,两府皆不知之。及奏得绥州,文潞公为枢密使,以为赵谅祚称臣奉贡,今忽袭取其地,无名,请归之。时韩魏公为首相,方求出,上乃以韩公判永兴军兼陕西四路经略使,度其可受可却以闻。韩公至陕西,言可受,文公以朝旨诘之曰:"若受之,则当馈之以粮,戍之以兵,有急当救之,此三者,皆有备乎?"韩公对:"不及馈、戍及救,彼自有以当谅祚。"因遗书,令勿给粮,追还戍兵,若谅祚攻嵬名山,勿救也。时宣徽使郭逵为鄜延经略使,以为不可。韩公使司封郎中刘航往督责之,逵固执不从,曰:"如此,则降户无以自存,皆溃去矣。"乃奏请筑绥州城,置兵戍之,命之曰绥德城,择降人壮健,刺手给粮,以为战兵,得二千余人。_{郭帅云。}

文公以取绥州为无名,请以易安远、塞门于夏国,遣祠部郎中韩缜与夏国之臣薛老峰议于境。老峰曰:"苟得绥州,请献安远、塞门寨基。"缜曰:"其土田如何?"老峰曰:"安有遗人衣而留领袖乎?"缜信之入奏。枢密院札子下鄜延,令追绥德戍人,迁其刍粮,不尽者焚之。经略使郭逵以为夏虏心欺绐,俟得安远、塞门,然后弃绥德未晚,匿其札不行。既而,遣使交地,虏曰:"所献者寨基,其四旁土田皆不可得。"使者以闻,上怒甚,以让文公,文公亟奏前札鄜延:更不施行。时赵卨掌机宜于经略司,求前札不获,甚忧恐。逵乃出示之,卨惊曰:"此他人所不敢为也。"_{郭帅云。}

卷十二

范帅雍在鄜延,命李金明士彬分兵守三十六寨,勿令虏得入寨。其子谏曰:"虏大举,将入寇,宜聚兵以待之,兵分则势弱,不能拒也。"士彬不从。康定元年,虏兵大至,士彬所部皆溃,其子力战而死,彬遂为所擒。郭帅云。

金明既陷,安远、塞门二寨在金明之北,知延州赵振不能救,遂弃安远,拔城中兵民以归。又移书塞门寨主高延德曰:"可守则守,不可守亦拔兵民以归。"延德守半岁,救兵不至,遂率众弃城归,虏据险邀之,举众皆没。及元昊请降,遂割其地以赐之。郭帅云。

宝元元年九月十六日,鄜延路都钤辖司奏:今月五日,六宅副使、金明县都监、新寨解家河卢关路巡检李士彬申:四日戌时,男殿直怀宝及七罗寨指挥使,引到宥州团练侍者密臧福罗,以赵元昊所给告身三道来云:山遇令公先在元昊处为枢密,元昊数诛诸部大人且尽,又欲诛山遇。八月二十五日,山遇自河外与侍者二人逃归,既济河,集缘河兵断河津三处。二十八日,山遇使其弟三太尉者将宥州兵监河津诸屯。九月一日,告密臧福罗以事状,哭且言曰:"去年大王弟侍中谋反,欲杀大王,赖我闻之,以告大王。大王存至今日,我之力也。今乃欲杀我,汝为我赍此告身三道,赴金明导引告延州大人,我当悉以黄河以南户口归命朝廷。朝廷欲得质者,以我子若我弟皆可也。大王来追,我自以所部兵拒之。汝至南,得何语,当亟来,我别以马七八百匹献朝廷,更令使者自保安军驿路告延州。我此月三日集宥州,监州兵至河上,悉发户口归朝廷也。"密臧福罗至金明,以状言。本司契勘,前此元昊所部有叛者,为元昊所诛,已具奏闻。今山遇云欲归朝廷,本司商量令李士彬还其告身,谕以元昊职贡无亏,难议受其降款,遣之还。臣等仍恐虏为奸诈,已戒缘边刺候严备去讫。又奏:六日,保安军北番官巡检、殿直刘怀中状申:"诇知山遇等于二日起兵,有众二千余人,劫掠村社族帐,只在宥州境内。"寻得保安军状云：“五日寅时，山禺及弟二防御、三防御等，将麾下一十五骑至，皆被甲执兵，告指挥使云欲归命朝廷。臣等已令保安军诘问山禺等所以来事故，勒令北归。仍令缘边部族首领严兵巡逻，或更有北来户口，皆约遣令还，毋得承受，别致引惹者。诏鄜延路都钤辖司，严饬缘边诸寨及番官等，晨夜设备，遣人诇候。如虏人自在其境互相攻战，即于界首密行托落，毋得张皇。或更有山禺所部来投告者，令李士彬等只为彼意婉顺约回，务令安静。所诇知事宜，节次驿置以闻。仍下环庆泾原路部署司、麟府路军马司准此。”是时，知延州、管勾鄜延路军马公事、刑部郎中、天章阁待制郭劝，都钤辖、四方馆使、惠州刺史李渭，知保安军、供备库副使朱吉、高继隆等破后桥寨。康定元年正月十八日，鄜延环庆路经略使范雍奏：“洛苑使、环庆路钤辖高继隆，礼宾使、环庆路驻泊钤辖、知庆州张崇俊部领兵马，入西贼界，打破贼后桥寨。先令番官奉职、巡检李明领番部围寨，继隆、崇俊领大军继进，与贼斗敌相杀，又分擘兵甲，令柔远寨主、左侍禁阁门祗候武英，监押左侍禁王庆，东谷寨监押、奉职张立，左侍禁、阁门祗候、北路都巡检郝仁禹攻打寨城，其武英先打破寨北门，入城。又令淮安镇都监、西头供奉官、阁门祗候刘政，东谷寨主、左侍禁贾庆，各部领兵马入贼界驻泊，牵拽策应，破荡诸族帐，又令入内西头侍奉官、走马承受公事石全政把截十二盘路口。其殿侍、军员、兵士及番官使唤得力，或斫倒人头，或伤中重身，系第一等功劳者，凡一百一十五人。伏乞体验今来北贼往来沿边作祸，正当用人之际，特与各转补名目，所贵激赏边臣及各军吏效命。”奉圣旨：高继隆、张崇俊于见今使额上各转七资，刘政、郝仁禹以下各转官有差。

宝元二年三月甲寅，保顺军节度使邈川大首领唃厮罗遣使入贡方物。四月辛酉朔，癸亥，枢密院奏：“唃厮罗前妻为尼，已有二子，今再娶乔氏女为妻。”诏唃厮罗前妻赐紫衣、师号及法名，今妻赐邑号，二子并除团练使。

宝元二年九月，金明都监李士彬捕得元昊伪署环州刺史刘乞都，送京师，斩于都市。以元昊令入延州界诱保塞番官故也。

康定元年二月癸酉，韩琦奏：“昨者夏虏寇延州，有西路都巡检使、侍禁、阁门祇候郭遵从刘平与贼战。有跨马舞二剑以出，大呼云欲斗将者，平问诸将，无敢敌者，遵独请行，因上马舞二铁简与贼格斗，贼应手脑碎，余众遂却。顷之，遵又横大钢刀，率百余人，进陷虏阵，至其帐而还。凡三出三入，所杀者几百人。遵马倒，为贼所害，闻贼中皆叹服其勇也。乞优赐褒赠及录其子孙。"诏赠遵果州团练使，母、妻皆封郡君，诸子悉除供奉官、侍禁、殿直，兄弟亦以差拜官。丙子，黑风自西北起，京师昼晦如墨，移刻而止。丁丑，始遣中使随问刘平、石元孙家属，加赐赠。

四月戊子，都转运司奏："请令准江南造纸甲三二万副，本路给防城手力。"诏委逐路州军以远年帐籍制造。

康定元年六月，言事者以朝廷发兵戍守西边，恐诸处无备，乞于京东西州军增置弓手。辛丑，诏天章阁待制高若讷为京西体量安抚使，就委点集。甲辰，中书门下奏："诸路并宜增置弓手，以备盗贼。"诏除陕西、河北、河东、京东西已从差，及川、陕、广南、福建更不点外，其余路分，量户口多少增置。戊申，三司奏："乞下开封府并河北买驴三千头，载军器输陕西。"诏减二千头，仍增京东西两路。

康定元年四月癸巳，秦凤路部署司奏：邈州首领唃厮罗之子磨毡自请奋击夏虏，乞朝廷遣使监护。乃降诏命从之。八月辛丑，诏屯田员外郎刘涣往秦州至邈川以东勾当公事。涣知晋州，自请使外国故也。

康定元年九月丙寅，诏河北、河东强壮，陕西、京东、京西新添弓手，皆以二十五人为团，团置押官一员，四团为都，置正副都头一人，五都为一营，指挥使一人教习。

康定元年秋，夏虏寇保安军、镇戎军。九月二十日，环庆路部署、知庆州任福谋袭夏虏白豹城，以牵制虏势，使东路都巡检任政、华池寨主胡永锡击之，使凤川寨监押、殿直刘世卿将广勇、神虎二指挥会华池，又使淮安镇都监刘政、监押张立将兵趋西谷寨，与寨主等共击近寨诸族，期以二十日丑时俱发。福以十六日夜闭门后，授诸军甲。十七日未明，出兵，令城门非从兵行无得辄出一人，声言巡边。是夜，宿业乐镇。十八日晚，入柔远寨。十九日，犒谕柔远诸番部，禁止毋得出城。密部分诸将,使驻泊都监王怀正攻白豹城西,断神树趁来路;北都巡检范全攻其东,断金汤之路;柔远寨主谭嘉震攻其北,断叶市之路;供奉官王庆、走马承受石全政攻其南族;帐驻泊都监武英主入城门斗敌,福以大军驻于城南,照管策应。是日,引兵柔远寨,置番官等于福马前而行,凡七十里。二十日丑时,至白豹城,各分部令,即时攻城。卯时克之,悉焚其伪署李太尉衙署、酒税务、粮仓、草场及民居室、四十里内禾稼聚积。诸将分破族帐四十一,擒伪署张团练,杀首领七人,斩获二百五十有余级,虏牛、马、羊、橐驼七千余头,器械三百余事,印记六面,伪宣敕告身及番书五十通。军士死者一百六十四人。以范全及番官巡检赵明为殿而还。

康定二年,府州奏:"七月二十三日,西贼不知万数,围逼州城,攻击四日夜乃退。寻令乡兵赵素等探候,西贼尚在后河州、赤土岭、毛家坞一带下寨未起,去州三十二里。州司窃虑西贼虚作退势,诱引大兵追逐,别设伏兵,奔冲州城,见不辍令人探候,及申并、代部署司乞救应次。"麟府路走马承受公事樊玉奏:"窃见本路军马司准麟州公文,自七月二十七日被西贼攻围西城二十八日,至九月九日午时,其贼拔寨过屈野河西山上白草平一带下寨,去州约十五里。其夜,当州令通引官魏智及百姓兼千、白政等偷路往州东探候,建宁寨已为西贼所破,贼于周回下七寨,杀虏寨主、监押及寨内军民,焚荡仓场、库务、军营、民居、敌楼、战棚皆尽。其贼亦不辍,下屈野河来奔冲州城。当州日夜拒守,军民困危。今遣百姓李珣飞骑长夜偷路去急,乞军马司星夜进城,发兵救应。"河东路转运使文彦博奏:"昨西贼围丰州及宁远寨,其并、代州副部署、通判团练使王元,麟府州钤辖、东染院使、昭州刺史康德舆,只在府州闭垒自守,并无出兵救援之意,以致八月七日宁远寨破,十九日丰州破。二十一日,西贼引退已远,麟州路通。二十三日,元等乃牒府州索随军十日粮草,计人粮马料九千石,草五万六千束,以二十六日出军。臣寻急令保德、火山、岢岚军人户各备脚乘,于府州请搬上件随军。其王元、康德舆只于府州城外五七里下寨,作食所搬粮草,经三日,复将所部兵马入城,亦不先告人户令知,其人户等见军马入城,谓是西贼将至,皆仓皇奔窜入城,弃所搬粮草

脚乘并在野寨。明日，方令人户搬所余粮草于仓场回纳。窃缘人户
请搬粮草、雇脚乘，所费至重，臣取得人户雇脚契帖，每搬随军草一
束、粮一斗，不以远近日数，计钱一贯文。如此费耗，若一两次，何以
任之？若或出军击贼，远救城寨，须要粮草先行，虽有重费，不可辞
劳。其如贼退已远，麟州道路已通，方领军马出城，又不前去追袭，却
只在府州城外五七里扎寨，令人户运粮，元辈何以自安？方今西事未
平，捍边全藉良将，若王元、康德舆弩下之材，如此举动，必致败事。
伏乞朝廷明行重典，以戒懦夫。别择武臣，付以边事。"诏："昨以西贼
围闭麟州府，专差王元及并、代州钤辖、供备库使杨怀志往彼策应，自
部领军马到府州，并不出兵广作声援救应，致陷没丰州及宁远寨。其
康德舆系专管勾麟府路军马公事，亦只在府州端坐，不出救应。已降
敕命，王元降右卫将军、陵州团练使，杨怀志降供备库副使，康德舆落
遥郡军，令逐路都部署司遍行戒饬。仍令王元、康德舆分析上件因依
闻奏。"

　　知延州范雍奏："前月赵元昊悉众入寇，陷金明寨，执都监李士彬
父子，遂攻安远、塞门、永平三寨。安远最居极边，贼斫坏两重门，监
押、侍禁邵元吉遣下军士，斫退贼兵，复夺得城门。拒守数日，贼乃
去。贼遂合众屯于州城之北三川口，列十余寨。二十三日，贼分兵出
东西城之后，乃两城之间呼噪，射城上人。城上诸军发矢攻贼，死者
颇众，遂不敢攻。明日，贼引兵退。其守城将佐钤辖卢守勤等，谨条
次其功状，乞超资酬赏，以励后来。"又奏："栲栳寨主殿直高益、监押
殿直韩遂，安远寨主供奉官蔡詠、奉职曹度、借职王懿，皆死于贼。邵
元吉及塞门寨主供奉官高延德、权监押右侍禁王继元，永平寨主左侍
禁郭延珍、权监押左侍禁王懿，皆有拒守之功。"诏死事者优与赠官，
仍赙钱绢，录其子孙。元吉迁西头供奉官、阁门祗候，充安远寨主。

　　李士彬世为属国胡酋，领金明都巡检使，所部十有八寨，胡兵近
十万人，延州人谓之"铁壁相公"，夏虏素畏之。元昊叛，遣使诱士彬，
士彬杀之。元昊乃使其民诈降士彬，士彬白之延州范雍，请徙置南
方，雍曰："讨而擒之，孰若招而致之？"乃赏以金帛，使隶于士彬。于
是降者日至，分隶十八寨，甚众。元昊使其诸将每与士彬遇，辄不战

而走,曰:"吾士卒闻铁壁相公名,莫不坠胆于地,狼狈奔走,不可禁止也。"士彬益骄,又以严酷御下,或有所侵暴,故其下多有怨愤者。元昊乃阴以金爵诱其所部,往往受之,而士彬不知。是岁,元昊遣衙校贺真来见范雍,自言欲改过自新,归命朝廷。雍喜,厚礼而遣之。凡先所获俘枭首于市者,皆敛而葬之,官为致祭。真既出境,虏骑大入,诸降虏皆为内应。士彬时在黄帷寨,闻虏至,索马,左右以弱马进,虏遂辁马以诣元昊。士彬使其腹心赤豆军主以珠带示母、妻使逃,母、妻策马奔延州,范雍犹疑,使人诇虏,皆为所擒。明日,骑至城下。元昊割士彬耳而不杀,后十余年,卒于虏中。

康定初,夏虏入寇,参知政事宋庠荐供奉官、阁门祗候桑怿有勇略,今在岭南,请召于西边任使。诏迁内殿崇班,充鄜延路驻泊都监。顷之,徙泾原路驻泊都监,屯镇戎军。至是战死。

庆历元年二月十二日,赵元昊寇渭州,先遣游兵数千骑入塞,侵掠怀远寨、静边寨、笼竿城。西路都同巡检常鼎、刘肃及诸寨与战,斩获颇众。于是环庆路部署任福及钤辖朱观,泾原路都监王珪、桑怿,渭州都监赵律,镇戎军都监李简、监押李禹亨等合兵三万余人追击之。将作监丞耿傅掌督刍粮,亦在军中。贼阴引兵数万自武延川入据姚家、温家、好水三川口。诸将及士卒贪虏获,分道争进。十四日晨,至三川口。是时,官军追贼已三日,士卒饥疲,猝与贼遇,怿力战先死,福等兵大败,福与武英、王珪、赵律、李简、李禹亨、刘肃、耿傅等皆死于贼。指挥使、忠佐死者十五人,军员二百七十一人,士卒六千七百余人,亡马一千三百匹。杀虏民五千九百余口,熟户一千四百余口,焚二千二百六帐。斩贼首五百一十级,获马一百五十四匹。

任福字祐之,开封人,少时颇涉书史。咸平中,应募补殿前诸班,以材力选为列校,凡六迁,至遥领刺史。宝元初,夏州赵元昊始绝朝贡,朝廷选班直诸校有勇干者除前班官,任以边事,除福莫州刺史,充岚、石、隰州都巡检使,寻改凤翔、秦凤、阶成等路驻泊马部军副都部署兼知陇州。康定元年,迁忻州团练使,充鄜延路驻泊兵马部署,寻徙知庆州兼邠宁环庆路兵马部署、安抚使。是岁九月,福与诸将攻元昊白豹城,拔之,破其四十余帐,获其防御、团练使等七人,朝廷赏其功,迁贺州防御使兼神龙卫四厢都指挥使。月余,又迁侍卫亲军都虞候。明年春,受诏乘传至泾原,与陕西都部署经制边事。二月,元昊寇渭州,福与诸将出兵合数万人御之。先战小利,乘胜直进,至三川口,忽遇虏兵且二十万,官军大败。矢中福子怀亮之嗌,怀亮坠马,援福马鞅告之,福犹趣以疾战,虏击怀亮坠崖死。福乘马运四刃铁简与虏斗,身被十矢,颊中二刃,乃为虏所杀,年六十一。上闻而惜之,赠武胜军节度使、检校太尉兼侍中,进封其母董氏为陇西郡太夫人,妻王氏封琅琊郡夫人,子怀德除供备库副使,怀亮赠率府副率,怀誉除供奉官,怀谨侍禁,孙惟恭、惟让皆除殿直,侄怀玉除借职,赐田宅赙赠甚多。

王立字诚之,维州北海人。咸平三年,进士及第,补宁化军判官。天圣四年,为夔州路转运使。施州徼外蛮夷,利得赐物,每岁求入贡者甚多,所过烦扰,为公私患。立奏令以贡物输施州,遣还溪洞;又城施州,通云安军道以运盐,朝廷嘉之。历江南东、陕西、河北、河东路转运使。并州有群盗,攻劫行旅,州县不能制。立行部至并州,选巡检兵士十五人自随,阳云以护行装,微诇知盗处,掩捕尽获之,五日中获十八人,盗贼遂息。自河东徙知扬州。明道二年,以太常少卿为户部副使,寻以足疾,出知庐州。迁右谏议大夫,徙知密州,秩满归卒。

庆历初,赵元昊围麟州二十七日。城中无井,掘地以贮雨水。是时水竭,知州苗继宣拍泥以涂藁积,备火箭射。贼有谍者潜入城中,出告元昊:“城中水已竭,不过二日,当破。”元昊望见涂积,曰:“城中无水,何暇涂积?”斩谍者,解围去。麟州之围,苗继宣募吏民有能通信求援于外者,通引官王吉应募,继宣问曰:“须几人从行?”吉曰:“今虏骑百重,无所用众。”请秃发,衣胡服,挟弓矢,赍粮饷,为胡人,夜缒而出,遇虏问,则为胡语答之。两昼夜,然后出虏寨之外,走诣府州告急。府州遣将兵救之,吉复间道入城,城中皆呼万岁。及围解,诏除吉奉职、本州指使。

吉尝从都监王凯及中贵人将兵数千人,猝遇虏数万骑。中贵人惶恐,以手帛自经,吉曰:“官何患不死? 何不且令王吉与虏战? 若吉不胜,死未晚也。”因使其左右数人守中贵人,曰:“贵人有不虞,当尽斩若属。"因将所部先登，射杀虏大将，虏众大奔，众军乘之，虏坠崖死者万余人。奏上，凯自侍禁除礼宾使、本路钤辖，吉自奉职除礼宾副使。吉尝与夏虏战，其子文宣年十八，从行。战罢，不见文宣，其麾下请入虏中求之，吉止曰："此王吉子，而为虏所获，尚何以求为?"顷之，文宣挈二首以至，吉乃喜曰："如此，真我子也!"吉每与虏战，所发不过一矢，即舍弓肉袒而入，手杀数人，然后反，曰："及其张弓挟矢之时，直往抱之，使彼仓猝无以拒吾，则成擒矣。吾前后数入其阵，未尝发两矢也。"时又有张节，与吉齐名，皆不至显官而卒。

庆历三年正月，广南东路转运司奏："前此温台府巡检军士鄂陵，杀巡检使，寇掠数十州境，亡入占城。泉州商人邵保，以私财募人之占城，取鄂陵等七人而归，枭首广市，乞旌赏。"诏补殿侍监、南剑州酒税。初，内臣温台巡检张怀信性苛虐，号"张列挈"，康定元年，鄂陵等不胜怨忿，杀之，至是始平焉。

庆历四年夏四月壬辰朔，丁酉，潭州奏："山蛮邓和尚等寇掠衡、道、永、郴州、桂阳监。"先是，宜州奏："本管环州蛮贼欧希范僭称桂王，欧正辞僭称桂州牧，攻环州，杀官吏。"诏以虞部员外郎杜杞为刑部员外郎、直集贤院，充广南西路转运按察使兼本路安抚使，委以便宜经略。

庆历四年七月，梓州路转运司奏："知泸州、左侍禁、阁门祗候李康伯，令教练使史受招谕淯井叛蛮，酋长出降。乞旌赏及补授殿侍，充淯州监一路巡检，李康伯与提点刑狱。"

邈州首领唃斯罗有三子，曰磨毡、瞎毡、董毡。董毡尤桀黠，杀二兄而并其众。唃斯罗老，国事皆委之董毡。秦凤经略使张方平使人诱董毡入贡，许奏为防御使。董毡遣使入贡。会知杂御史吴中复劾奏："方平擅以官爵许戎，启其贪心。"方平议遂不行。契丹以女妻董毡，与之共图夏国。夏主谅祚与之战，屡为所败。嘉祐六年秋，谅祚遣使请尚公主，鄜延经略司奏之，朝廷令鄜延勿纳其使。会谅祚举兵击董毡，屯于古渭州之侧。古渭州熟户、诸酋长皆惧，以为谅祚且来，并吞诸族，皆诣方平诉求救。方平惧，饰楼橹为守城之备，尽籍诸县马，悉发下番兵以自救。枢密张公云。

皇祐末，古渭州熟户反，增秦州戍兵甚多。事平，文公悉分屯于永兴、泾原、环庆三路，期以有警急则召之，以省刍粮，谓之下番兵，关西震耸。方平仍驿书言状，乞发京畿禁军十指挥赴本路。枢密使张昪言于上曰："臣昔在秦凤，边人言虏入寇前后甚众，皆无事实。今事未可知，而发京畿以赴之，惊动远近，非计也。请少须之。"上从之，数日方平复奏："谅祚已引兵西去击董毡矣。"谅祚寻复为董毡所败，筑堡于古渭州之侧而还。薛向云。

卷十三

皇祐中，侬智高自邕州乘流东下，时承平岁久，缘江诸州城栅隳敝，又无兵甲，长吏以下皆望风逃溃。赞善大夫、知康州赵师道谓僚属曰："贼锋甚盛，吾州众寡不敌，必不能拒贼。然吾与兵马监押为国家守城，贼至死之，职也。若君等先贼未至，宜与家属避山中。"师道亦置其家属山中，师道妻方产，弃子于草间而去。师道在城上，妻遣奴与师道相闻，师道怒曰："吾已与汝为死诀，尚寄声何为！"引弓射奴，杀之。时贼已在近，师道与监理闭门守城，贼攻陷之，师道坐正厅事，射杀贼数人，然后死。贼以城人拒己，悉焚其官府民舍，残灭之。进至于封州，太子中舍、知封州曹觐微服怀州印匿于民间，贼搜得之，延坐与食，谓曰："尔能事我，我以尔为龙图阁学士。"觐骂曰："死蛮！汝安知龙图阁学士为何物，乃欲污我？"贼怒，斩之。及事平，朝廷赠觐谏议大夫，师道太常少卿，妻子皆受官邑，赐赉甚厚。弃城者皆除名编管。康卫云。

侬智高世为广源州酋长，后属交趾，称广源州节度使。有金坑，交趾赋敛无厌，州人苦之。智高桀黠难制，交趾恶之，以兵掩获其父，留交趾以为质，智高不得已，岁输金货甚多。久之，父死，智高怨交趾，且恐终为所灭，乃叛交趾，过江，徙居安德州，遣使诣邕州求朝命为补刺史。朝廷以智高叛交趾而来，恐疆场生事，却而不受。智高由是怨，数入为盗。先是，礼宾使亓赟坐事出为洪州都指挥使，会赦，有荐其材勇，前所坐薄，可收使，诏除御前忠佐，将兵戍邕州。赟欲邀奇功，深入其境，兵败，为智高所擒，恐智高杀之，乃绐言："我来非战也，朝廷遣我招安汝耳。不期部下人不相知，误相与斗，遂至于此。"因谕以祸福。智高喜，以为然，遣其党数十人随赟至邕州，不敢复求刺史，但乞通贡朝廷。邕州言状，朝廷以赟妄入其境，取败，为贼所擒，又欲脱死，妄许其朝贡，为国生事，罢之，黜为全州都指挥使，智高之人皆却还。智高大恨，且以朝廷及交趾皆不纳，穷无所归，遂谋作乱。有黄师宓者,广州人,以贩金常往来智高所,因为之画取广州之计,智高悦之,以为谋主。是时,武臣陈珙知邕州,智高阴结珙左右,珙不之知。皇祐四年四月,智高悉发所部之人及老弱尽空,沿江而下,凡战兵七千余人。五月乙巳朔,奄至邕,珙闭城拒之,城中之人为内应,贼遂陷邕州,执珙等官吏,皆杀之。司户参军孔宗旦骂贼而死。智高自称仁惠皇帝,改元启历,沿江东下。横、贵、浔、龚、藤、梧、康、封、端诸州无城栅,皆望风奔溃,不二旬,至广州。知广州仲简性愚且狠,贼未至时,僚佐请为之备,皆不听。至遣兵出战,贼使勇士数十人,以青黛涂面,跳跃上岸,广州兵皆奔溃。先是,广州地皆蜒壳,不可筑城,前知州魏瓘以甓为之,其中甚隘小,仅可容府署、仓库而已。百姓惊走,辇金宝入城,简闭门拒之,曰:“我城中无物,犹恐贼来,况聚金宝于城中耶?”城外人皆号哭,金宝悉为贼所掠,简遂闭门拒守。转运使王罕时巡按至梅州,闻之,亟还番禺。乡村无赖少年,乘贼势互相剽掠,州县不能制,民遮马自诉者甚众。罕乃下马,召诸老人坐而问之,曰:“汝曹尝经此变乎?”对曰:“昔陈进之乱,民间亦如是。时有县令,籍民间强壮者,悉令自卫乡里,无得他适。于是乡村下不能侵暴,亦不能侵暴邻村,一境独安。”罕即遍移滕州县,用其策,且斩为暴者数人,民间始安。罕既入城,钤辖侍其渊等共修守备。贼掠得海船昆仑奴,使登楼车以瞰城中,又琢石令圆以为炮,每发辄杀数人。昼夜攻城,五十余日,不克而去。时提点刑狱鲍轲欲迁其家置岭北,至南雄州,知州责而留之。轲乃调广州间,日有所奏。罕在围城中,无奏章。贼退,朝廷赏轲而责罕,罕坐左迁。

　　五月乙巳朔,丙寅,侬智高攻广州。壬辰,诏知桂州陈曙将兵救之。直史馆杨畋,继业之族人也,尝为湖南提点刑狱,讨叛蛮,与士卒同甘苦,士卒爱之,时居父丧。六月乙亥,诏起畋为广南西路体量安抚使。畋儒者,迂阔无威,诸将不服,寻罢之。七月丙午,以余靖经制广南东西路贼盗。壬戌,智高解广州围,西还攻贺州,不克。广南东路钤辖张忠初到官,所将皆乌合之兵,智高遇战于白田,忠败死。西路钤辖蒋偕性轻率,举措如狂人,军于太平场,初不设备。九月戊申,智高悉击杀之。丙辰,又败官军于龙岫洞。丁巳,以余靖提举广南东西路兵甲，寻为经略使，又命枢密直学士孙沔、入内押班石全彬与靖同讨智高。西路钤辖王正伦败于馆门驿，遂陷昭州。枢密副使狄青请自出战击贼，庚午，以青为宣徽使、荆湖南北路宣抚、都大提举经制广南东西路盗贼事。谏官韩绛上言，狄青武人，不足专任，固请以侍从文臣为之副。上以访执政，时庞籍独为相，对云："属者王师所以屡败，皆由大将权轻，偏裨人人自用，遇贼或进或退，力不制胜故也。今青起于行伍，若以侍从之臣副之，彼视青如无，青之号令不得行，是循覆车之轨也。青素名善将，今以二府将大兵讨贼，若又不胜，不惟岭南非陛下之有，则荆湖、江南皆可忧矣。祸难之兴，未见其涯，不可不慎。青昔在鄜延，居臣麾下，沈勇有智略，若专以智高之事委之，使先以威齐众，然后用之，必能办贼，幸陛下勿以为忧也。"上曰："善。"以是岭南用兵皆受青节度，处置民事，则与孙沔等议之。时余靖军于宾州，闻智高将至，弃城及刍粮，走保邕。丁丑，智高陷宾州，靖引兵扬言邀贼，留监押守邕州，监押亦走。甲申，智高复入邕州。十一月，狄青至湖南，诸道兵皆会，诸将闻宣抚使将至，争先立功。余靖遣广南西路钤辖陈曙将万人击智高，为七寨，逗遛不进。十二月壬申朔，智高与曙战于金城驿，曙败，遁归，死者二千余人，弃捐器械辎重甚众。交趾王德政请出兵二万助收智高，狄青奏："官军自足办贼，无用交趾兵。"丁未，诏交趾毋出兵。青又请西边番落广锐近二千骑与俱。五年正月，青至宾州，余靖、陈曙皆来迎谒。时馈运未至，青初令备五日粮，既又备十日粮。智高闻之，由是懈惰不为备，上元张灯高会。先是，诸将视其帅如寮采，无所严惮，每议事，各执所见，喧争不已，不用其命。己酉，狄青悉集将佐于幕府，立陈曙于庭下，数其败军之罪，并军校数十人皆斩之。诸将股栗，莫敢仰视。余靖起拜曰："曙之失律，亦靖节制之罪也。"青曰："舍人文臣，军旅之责，非所任也。"于是勒兵而进，步骑二万人。或说侬智高曰："骑兵利平地，宜遣人守昆仑关，勿使度险，使其兵疲食尽，击之无不胜者。"智高骤胜，轻官军，不用其言。青倍道兼行，出昆仑关，直趋其城。智高闻之，狼狈遽发兵出战。戊午，相遇于归仁铺。青使步卒居前，匿骑兵于后。蛮使骁勇者执长枪居前，羸弱悉在其后。其前锋孙节战不利而死，将卒畏青令严，力

战莫敢退者。青登高丘,执五色旗,麾骑兵为左右翼,出长枪之后,断
蛮兵为二,旋而击之,枪立为束,蛮军败,杀获三千余人,获其侍郎黄
师宓等。智高走还城,官军追之,营城下。营中夜惊呼,蛮闻之,以为
官军且进攻,弃城走。明日,青入城,遣裨将于振追之,过田州不及而
还,智高奔大理。捷书至,上喜,谓庞籍曰:"岭南非卿执议之坚,不能
平,今日皆卿功也。"狄青还,上欲以为枢密使、同平章事,籍曰:"昔曹
彬平江南,太祖谓之曰:'朕欲用卿为使相,然今外敌尚多,卿为使相,
安肯复为朕尽死力耶?'赐钱二十万缗而已。今青虽有功,未若彬之
大,若赏以此官,则富贵极矣。异日复有寇盗,青更立功,将以何官赏
之? 且青起军中,致位二府,众论纷然,谓国朝未有此比。今幸而立
功,论者方息,若又赏之太过,是复使青得罪于众人也。臣所言非徒
便国体,亦为青谋也。昔卫青已为大将军,封侯立功,汉武帝更封其
子为侯。陛下若谓赏功未尽,宜更官其诸子。"争之累日,上乃许之。
二月癸未,加青护国军节度使,枢密副使如故,仍迁诸子官。既而议
者多谓青赏薄,石全彬复为青讼功于中书。五月乙巳,竟以青为枢密
使。先时,所司奏:余安道募人能获智高者,有孔目官杨元卿、进士
石鉴等十人皆献策请行,安道一一问之,以元卿策为善。元卿曰:"西
山诸蛮,凡六十族,皆附智高,其中元卿知其一族,请往以逆顺谕之顺
从,使之转谕他族,无不听矣。若皆听命,则智高将谁与处此? 必成
擒矣。"安道悦,使赍黄牛、盐等物往说之。二族随元卿出见安道,安
道皆铺纹彩装饰谱牒如告身状,慰劳燕犒,厚赐遣之。于是转相说
与,稍稍请降。先是,智高筑宫于特磨寨,及败,携其母、弟、妻、子往
居之,闻诸族俱叛,惶惧,留其母及弟智光、子继封于特磨寨,使押衙
一人将兵卫之,智高自将兵五百及其六妻、六子奔大理国,欲借兵以
攻诸族。安道使元卿等十人,发诸族陈充等六州兵袭特磨寨,杀押
衙,获其母、弟、子以归。安道欲烹之,广南西路转运司奏:"所获非智
高母、子,蛮人妄执之以干赏耳。"于是安道奏送京师,请囚之,以俟得
智高辨其虚实,诏许之。缘道皆不执縻,供待甚严。至京师,馆于故
府司,朝夕给饮膳,惟所欲,如养骄子,月费钱三百余贯,病则国医临
视。后数月,智光发狂,殴防卫者,欲突走。伯庸上言:"智高母致病,

不诛无以惩蛮夷。又徒费国财,养之无用,请戮之。"上怒曰:"余靖欲存此以招智高,而卿等专欲杀之耶?"自是群臣不敢言。智高母年六十余,隆准方口。智光年二十八,神识不慧,智高使之所部州,不能治,黜之。其妻美色,智高夺之。继封年十四,智高长子,智高僭立为太子。继明八岁。安道以获智高母,召其所亲黄汾于韶州,使部送至京师。汾自幕职迁大理寺丞,元卿除三班奉职,鉴除斋郎,其余皆除斋郎、殿侍。以元卿、鉴晓蛮语,皆留侍侬母。元卿等愤叹曰:"昔我初获智高母,余侍郎谓我等勿入京师,留此待官赏耳。我等皆曰:'智高杀我等亲戚近数十口,我愿至京师,分此姬一脔食之。'岂知今日朝夕事之,若孝子之养亲。执政者仍戒我云:'汝勿得以私愤逼杀此姬。'设有不幸,我等当偿其死耶?"数见执政,涕泣求归,不许。

侬智高将至广州,天章阁待制、知广州仲简尚未之信,殊不设备,榜于衢路,令民敢有相扇动欲逃窜者斩。及贼至,简闭其城拒守。郊野之民欲入城者,闭门不纳,悉为贼所杀掠。简阴具舟,欲与家属逃去,僚属以为不可。会转运使王罕巡行他州,闻贼至,亟还入广州城,悉力拒守,几陷者数四,仅而得免。提点刑狱鲍轲止于南雄城,诇贼动静,相继以闻。及贼退,朝廷责罕奏章稀少,黜监信州税,仲简落职知筠州,以鲍轲为勤职,欲以为本路转运使,台谏有言而止。

蒋偕将千余人,昼夜兼行,追侬智高至黄富场。蛮人诇知官军饥疲,夜以酒设寨饮之,即帐中斩偕首,因纵击其众,大破之,枭偕及偏裨首于战场而去。李章云。

侬智高围广州既久,城中窘急,而贼亦疲乏,又不习水战,常惧海贼来抄其宝货。东莞县主簿兼令黄固素为吏民所爱信,侦知贼情,乃募海上无赖少年,得数千人,船百余艘,沿流而下,夜趋广州城,鼓噪而进,贼大惊,即时遁去。广州命固率所募之众溯流追之,而贼弃船自他路去,追之不及。会通判孟造素不悦固,乃按固所率舟中之民私载盐鲞于上流贩卖,及县中官钱有出入不明者,摄固下狱治之,诬以赃罪,固竟坐停仕。既而上官数为辩雪,治平中乃得广州幕职。蔡子直云。

石鉴,邕州人,尝举进士,不中第。侬智高陷邕州,鉴亲属多为贼所杀,鉴逃奔桂州。智高攻广州不下,还据邕州。秘书监余靖受朝命讨贼,鉴以书干靖,言:"邕州三十六洞蛮,素受朝廷官爵恩赐,必不附智高。向者从智高东下,皆广源州蛮及中国亡命者,不过数千人,其余皆驱掠二广之民也。今智高据邕州,财力富强,必诱胁诸蛮,再图进取。若使智高尽得三十六洞之兵,其为中国患,未可量也。鉴素知诸洞山川人情,请以朝廷威德说谕诸蛮酋长,使之不附智高,智高孤立,不足破矣。"靖乃假鉴昭州军事推官,间道说诸洞酋长,皆听命。惟结洞酋长黄守陵最强,智高深与相结。洞中有良田甚广,饶粳糯及鱼,四面阻绝,惟一道可入。智高遗守陵书曰:"吾向者长驱至广州,所向皆捷,所以复还邕州者,欲抚存汝诸洞耳。中国名将如张忠、蒋偕辈,皆望风授首,步兵易与,不足忧,所未知者,骑兵耳。今闻狄青以骑兵来,吾当试与之战,若其克捷,吾当长驱以取荆湖、江南,以邕州授汝。不捷,则吾寓汝洞耳,休息士卒,从特磨洞借马,教习骑战,候其可用,更图后举,必无敌矣。"并厚以金珠遗守陵。守陵喜,运糯米以饷智高。鉴使人说守陵曰:"智高乘州县无备,横行岭南,今力尽势穷,复还邕州,朝廷兴大兵以讨之,败在朝夕。汝世受国恩,何为无事随之以取族灭?且智高父存勖,本居广源州,弟存禄为武勒州刺史,存勖袭杀存禄而夺其地。此皆汝耳目亲见也。智高父子,贪诈无恩,譬如虎狼,不可亲也。今汝乃欲延之洞中,吾见汝且为虏矣,不可不为之备。"守陵由是狐疑,稍疏智高。智高怒,遣兵袭之,守陵先为之备,逆战,大破之。会智高亦为狄青所败,遂不敢入结洞而逃奔特磨。特磨西接大理,地多善马,智高悉以所得二广金帛子女遗特磨蛮酋侬夏诚,又以其母妻夏诚弟夏卿相结纳,夏诚许以兵马借之。智高留其母及一弟一子并其将居于夏诚所居之东十五里丝苇寨,而身诣大理,欲借兵共寇四川,使其母以特磨之兵自邕州寇广南。鉴请诣特磨寨说夏诚,使图智高。智高以兵守三弦水,鉴几为所获,不得进而还。鉴言于靖曰:"特磨距邕州四十日程,智高恃其险远,必不设备。鉴请不用中国尺兵斗粮,募诸洞壮丁往袭之,仍以重赂说特磨,使为内应,取之必矣。"靖许之,仍许萧继将大兵为鉴后,继常与鉴相距十程。鉴募洞丁,得五六千人,率之以前进。

前知邕州萧注曰：广源州本属田州，侬智高父本山獠，杀广源州酋豪而据之。田州酋长请往袭之，知邕州者恐其生事，禁不许。广源州地产金，一两直一缣，智高父由是富强，招诱中国及诸洞民，其徒甚盛。交趾恶之，遣兵袭虏之。智高时年十四，与其母逃窜得免，收其余众，臣事交趾。既长，因朝于交趾，阴结李德正左右，欲夺其国，事觉逃归，因求内附。朝廷恐失交趾之心，不纳。智高谓其徒曰："今吾既得罪于交趾，中国又不我纳，无所容，止有反耳。"乃自左江转掠诸洞，徙居右江文村，阴察官军形势，与邕州奸人相结，使为内应。在文村五年，遂袭邕州，陷之。

侬智高围广州，转运使王罕婴城拒守，都监侍其渊昼夜未尝眠。久之，将士疲极。有裨将诱士卒下城，欲与之开门降贼，渊遇之，谕士卒曰："汝曹降贼，必驱汝为奴隶，负担归其巢穴，朝廷欲诛汝曹父母妻子。不若并力完城，岂惟保汝家，亦将有功受赏矣。"士卒乃复还，登城。罕乃寝于城上，渊忽来，徐撼而觉之，曰："公勿惊，公随身有弓弩手否？"罕曰："有。"乃与罕率弩手二十余人，衔枚至一处，俯见贼已逾壕，蚁附登城，将及堞矣。城上人皆不觉，渊指示弩手使射之，贼急走出壕外。及贼退，渊终不言裨将谋反之事。熙宁中致仕，介甫知其为人，特除一子官，给全俸。渊年八十余，气志安壮。范尧夫以为阴德之报。尧夫云。

熙宁中，朝廷遣沈起、刘彝相继知桂州，以图交趾。起、彝作战船，团结洞丁以为保甲，给阵图，使依此教战，诸洞骚然。使人执《交趾图》以言攻取之策，不可胜数。岭南进士徐百祥屡举不中第，阴遗交趾书曰："大王先世本闽人，闻今交趾公卿贵人多闽人也。百祥才略不在人后，而不用于中国，愿得佐大王下风。今中国欲大举以灭交趾，兵法有'先声夺人之心'，不若先举兵入寇，百祥请为内应。"于是交趾大发兵入寇，陷钦、廉、邕三州，百祥未得间往归之。会石鉴与百祥有亲，奏称百祥有战功，除侍禁，充钦廉巡检。朝廷命宣徽使郭逵讨交趾，交趾请降，曰："我本不入寇，中国人呼我耳。"因以百祥书与逵，逵檄广西转运使按鞫，百祥逃去，自缢而死。郭帅云。

交趾贼熙宁八年十一月二十一日、二十五日连破钦、廉二州，又破邕州管下太平、永平二寨。二十七日，围邕州。知州、皇城使苏缄昼夜筑城力战，所杀伤蛮人甚多，城因以固。九年正月四日，广西钤辖张守节等过昆仑关赴援，兵少轻进，三千余人悉为蛮众所掩，杀伤殆尽。刘执中与广西提刑遁回，后更无援兵。王师自京师数千里赴援，孤城抗贼，昼夜不得休息。正月二十一日，矢石且尽，城遂溃破，苏缄犹誓士卒殊死战，兵民死者十万余口，掳妇女小弱者七八万口。二十二日，贼焚邕州城。二十三日，遂回本洞。今王师前军三将已达桂林，一将暂戍长沙，中军旦夕过府，亦长沙置局，后军三将分屯荆、鼎、澧三郡，一将襄州。湖北饥，米斗计百五十钞，馁死者无数。任公格云。

初，榜下交趾管内州峒官吏军民等云："已差吏部员外郎、天章阁待制赵禼充安南道行营都总管、经略安抚招讨使兼广西南路安抚使，昭宣使、嘉州防御使、内侍押班李宪充副使，龙神卫四厢都指挥使、忠州刺史燕达充副都总领。顺时兴师，水陆兼进。天示助顺，已兆布新之祥；人知悔亡，咸怀敌忾之气。咨尔士庶，久沦涂炭，如能谕王内附，率众自归，执俘献功，拔身助顺，爵赏赐予，当倍常科，旧恶宿负，一皆原涤。乾德幼稚，罪非己出，造庭之日，待遇如初。朕言不渝，众听无惑。比闻编户，极困诛求，已戒使人，具宣恩旨：暴征横赋，到即蠲除，冀我一方，永为乐土。"时交趾为露布，榜之衢路，言："所部之民叛如中国者，官吏容受庇匿。我遣使诉于桂管，不服。又遣使泛海诉于广州，亦不服。故我率兵追捕亡叛者。而钤辖张守节等辄相邀遮，士众奋击，应时授首。"又言："桂管点阅峒兵，明言又见讨伐。"又言："中国作青苗、助役之法，穷困生民，我今出师，欲相拯济。"故介甫自作此榜以报覆之。王正甫云。

提点刑狱杨畋自将击破叛蛮。癸酉，诏特支荆湖击蛮诸军钱有差，仍命中使赍诏察视，具功状以闻。

王罕知潭州，州素号多事，知州多以威严取办，罕独以仁恕为之，州事亦治。有老妪病狂，数邀知州诉事，言无伦理，知州却之，则悖骂。先后知州以其狂，但命邀者屏逐之。罕至，妪复出，左右欲逐之，罕命引归厅事，召使前，徐问，妪虽言杂乱无次，亦有可晓者。乃本为人嫡妻，无子，其妾有子，夫死为妾所逐，家资为妾尽据之。妪屡诉于官，不得直，因愤恚发狂。罕为直其事，以家资还之。吏民服其能察冤。<small>李南公云。</small>

旧制，试院门禁严密，家人日遣报报平安，传数人口，讹谬皆不可晓，常苦之。皇祐中，王罕为监门，始置平安历，使吏隔门问来者，详录其语于历，传入院中，试官复批所欲告家人之语，及所取之物于历，罕遣吏呼其人，读示之，往来无一差失。自知举至弥封、誊录、巡捕共一历，人皆见之，不容有私，人甚便之，是后遵以为法。<small>自见。</small>

熙宁中，王绍开熙河，诸将皆以功迁官。皇城使、知原州桑湜独辞不受，曰："羌虏畏国威灵，不战而降，臣何功而迁官？"执政曰："众人皆受，独君不受，何也？"对曰："众人皆受，必有功也。湜自知无功，故不受。"竟辞之。时人重其知耻。

元丰五年，韩持国知颍昌府，官满，有旨许令持国再仕。中书舍人曾巩草诰词，称其"纯明直亮"。既进呈，上览，批其后曰："按维天资忿戾，素无事国之意，朋奸罔上，老不革心。朕以东宫之旧，姑委使郡，非所望于承流宣化者也。而草词乖僻，可令曾巩赎铜十斤，别草词以进。"

元丰中，文潞公自北都召对，上问以至和继嗣事。潞公对曰："臣等备位两府，当此之际议继嗣，乃职分耳。然亦幸直时无李辅国、王守澄之徒用事于中，故臣等得效其忠勤耳。"上怃然有间而美之。仁宗宦官，虽有蒙宠信任者，台谏言其罪，辄斥之不庇也。由是不能弄权。

卷十四

茂州旧领羁縻九州，皆蛮族也。蛮自推一人为州将，治其众。州将常在茂州受处分。茂州居群蛮之中，地不过数十里，旧无城，惟植鹿角。蛮人屡以昏夜入茂州，剽掠民家六畜及人，茂州辄取货于民家，遣州将往赎之，与之讲和而誓，习以为常。茂州民甚苦之。熙宁八年，屯田员外郎李琪知茂州，民投牒请筑城，琪为奏之，乞如民所请，筑城绕民居，凡八百余步。朝廷下成都路铃辖司，度其利害。时龙图阁直学士蔡延庆领都铃辖，李琪已罢去，大理寺丞范百常知茂州。延庆下百常检度，百常言其利，朝廷遂令筑之。既而，蛮酋群诉于百常，称城基侵我地，乞罢筑，百常不许，诉者不已，百常以梃驱出。九年三月二十四日，始兴筑城，才丈余，静州等群蛮数百奄至其处。茂州兵才二百人，百常帅之拒击，杀数人，蛮乃退，百常率迁民入牙城。明日，蛮数千人，四面大至，悉焚鹿角及民庐舍，引梯冲攻牙城，矢石雨下，百常率众乘城拒守。至二十九日，其酋长二人为楄木所杀，蛮兵乃退。既而四月初，屡来攻城，皆不克而退。然其众犹游绕四山，城中人不敢出。茂州南有箕宗关路通永康军，北有陇东路通绵州，皆为蛮所据。百常募人间道诣成都，及书木牌数百投江中，告急求援。于是蜀州驻泊都监孙清，将数千人自箕宗关入，蛮伏兵击之，清死而士卒死杀不多。又有王供备等将数千人自陇东道入，时州蛮请降，从者杀其二子。蛮怒，密告静州等蛮，使遮其前，而自后驱之，壅溪上流，官军既涉而决之，杀溺殆尽。既而铃辖司命百常与之和誓，蛮人稍定。蔡延庆奏乞朝廷遣近上内臣共经制蛮事，朝廷命押班王中正专制蛮事。中书、院枢密札子皆云"奉圣旨：讲和"，而中正自云"受御前札子，掩袭叛蛮"。其年五月，中正将兵数千自箕宗关入，经恭州、荡州境，乘其无备掩击之，斩首数百级，掳掠畜产，焚其庐舍皆尽。既而，复与之和誓。至七月，又袭击之。又随而与之和誓，乃还，奏云"事毕"。始，蔡帅兵恐监司不肯应给军需，故奏乞近上内臣共事。中正受宣命，凡军事皆与都钤辖司商议，中正将行，奏云："茂州去成都远，若事大小一与钤辖司商议，恐失事机，乞委臣专决，关钤辖司知。"有旨依奏。中正既至，军事进止，皆由己出，蔡不复得预闻。事既施行，但关知而已。监司皆附之。遂奏："蔡延庆区处失宜，致生边患。又延庆既与和誓，而臣引兵人箕宗关，蛮渝约出兵拒战。"蔡由是徙知渭州，以资政殿学士冯京代之。又奏："范百常筑城侵蛮地，生边患。"坐夺一官、勒停。陇西土田肥美，静州等蛮时引生羌据其地，中正不能讨，北路遂绝。故事，与蛮为和誓者，蛮先输货，谓之"抵兵"，又输求和物，官司乃籍所掠人畜财物使归之，不在者增其价。然后输誓牛羊豕棘末秿各一，乃缚剑门于誓场，酋家皆集，人人引于剑门下过，刺牛羊豕血瘗之。掘地为坎，乃缚羌婢坎中，加末秿及棘于上，人投一石击婢，以土埋之，巫师诅曰："有违誓者，当如此婢。"及中正和誓，初不令输"抵兵"、求和等物，亦不索其所掠，自备誓具，买羌婢，以毡蒙之，经宿而失。中正先自剑门过，蛮皆怨而轻之。自是剽掠不绝。狄谙、范百常云。

王中正在河东，令转运司勾押吏与陈安石同坐计度军粮，吏曰："都运在此，不敢坐。"中正叱曰："此中何论都运？若事办，奏汝班行；不办，有剑加汝。"

先是，种谔上言，乞不受王中正节制，会谔有破米脂城功，天子许之。明日，诏书至，谔不复见中正，引兵先趋夏州。时河东夫闻鄜延夫言，此去绥德城甚近，两日中亡归者二千余人，河东转运判官庄公岳等斩之不能禁。初，王中正在河东，奴视转运使，又奏提举常平仓赵成管勾随军运钱粮草。凡有所需索，不行文书，但遣人口传指挥，转运使杨思不敢违。公岳等以口语无所凭，从容白中正云："太尉所指挥事多，恐将命者有所忘误，乞记之于纸笔。"自后，始以片纸书之。公岳等白中正军出境应备几日粮，中正以为鄜延受我节制，前与鄜延军遇，彼粮皆我有也，乃书片纸云："止可备半月粮。"公岳等恐中道乏绝，阴更备八日糗粮。及种谔既得诏不受中正节制，委中正去，鄜延粮不可复得，人马渐乏食，乃遣官属引民夫千余人索胡人所窖谷糜，发之，得千余石。庚午，至夏州，时夏州，已降种谔。中正军于城东，城中居民数十家。时朝旨禁入贼禁抄掠,贼亦弃城邑皆走河北,士卒无所得,皆愤悒思战。诸将皆言于中正曰:"鄜延军先行,所获功甚多,我军出境近二旬,所获才三十余级,何以复命于天子? 且食尽矣,请袭取宥州,聊可藉口。"中正从之。癸酉,至宥州,城中有民五百余家,遂屠之,斩首百余级,降者十余人,获牛马百六十,羊千九百。军于城东二日,杀得马牛羊以充食。甲戌,畿内将官张真、知府州折克行引兵二千余人发糜窖,遇虏千余人,与战,败之,斩首九百余。丙子,至牛心亭,食尽。丁丑,至奈王井,遇鄜延掌机宜景思义,得其粮,遂引兵趋保安军顺宁寨。己卯,王中正军于归娘岭下,不敢入寨,遣官属请粮于顺宁。军夫冻馁,僵仆于道路,未死,众已剐其肉食之。十一月丙戌,得朝旨班师,乃归延州。计士卒死亡者近三万人,民夫逃归者大半,死者近三千余人,随军入寨者万千余人。马二千余匹,死者几半,驴三千余头,无还者。

　　初,上令王中正、种谔皆趋灵州、兴州。中正不习军事,自入虏境,望空而行,无向导斥堠。性畏怯,所至逗留。恐虏知其营栅之处,每夜二更辄令军士灭私火,后军饭尚未熟,士卒食之多病。又禁军中驴鸣。及食尽,士卒怨愤,流言当先杀王昭宣及庄、赵二漕乃溃归。中正颇闻之,乃于众中扬言:"必竭力前进,死而后已。"阴令走马承受金安石奏:"转运司粮运不继,故不能进军。今且于顺宁寨境上就食。"庄公岳亦奏:"本期得鄜延粮,因朝廷罢中正节制,故粮乏。"上怒,命械系公岳等于隰州狱,治其罪。公岳等急,乃奏:"臣等在麟府,本具四十日粮,王中正令臣等只备半月粮,片纸为验。臣等阴备八日糗粮。今出寨二十余日始至宥州,粮不得不乏。"上乃命脱械出外答款。中正恐公岳复有所言,甚惧。及还朝,过隰州,谓曰:"二君勿忧,保无它。"既而公岳等各降一官,职事皆如故。

　　初,河东发民夫十一万,中正减粮数,止用六万余人,余皆令待命于保德军。既而朝旨令余夫运粮自鄜州出,踵中正军,凡四万余人,遣晋州将官訾虎将兵八千护送之。虎等奏:"兵少夫多,不足护送,乞益兵出塞。及不知道所从出,又不知中正何所之。"有诏召夫还,更令自隰州趋延州饷中正军。会天章阁待制赵禼领河东转运使,奏:"冬气已深，水凛草枯，馈运难通。"乃罢之。王中正既还延州，分所部兵屯河东诸州。山东兵往往百千为群，擅自溃归，朝廷命所在招抚，给券遣归本营。士兵亦有擅去者。会高遵裕灵州失利，诏中正自延州引所部兵救之，中正移书召河东分兵屯。知石州赵宗本将州兵屯隰州，士卒不肯行，集庭下喧哗呼万岁，宗本父子闭门相保。又有山东将官王从丕部兵亦不肯发，从丕晓谕数日乃行。会遵裕已至庆州，诏中正引还，宗本、从丕各降二官，士卒不问。

　　元丰三年，泸州蛮乞第犯边，诏四方馆使韩存宝将兵讨之。乞第所居曰归来州，距泸州东南七百里。十月，存宝出兵，久雨，十余日，出寨才六十余里，留屯不进，遣人招谕。乞第有文书服罪请降，军中食尽，存宝引还。自发泸州至此，凡六十余日。朝廷责其不待诏擅引兵还，命知杂御史何正臣就按斩之。更命林广将存宝部兵及环庆兵、黔南兵合四万人，以四年十二月再出击之。离泸州四百余里即是深箐，七荐切，竹茂也。皆高阪险绝，竹木茂密，华人不能入，蛮所恃以自存者也。蛮逆战于箐外，广击败之，蛮走，广伐木开道，引兵蹑之。又二百余里，至归来州，乞第逆战，又败，乃率其众窜匿。五年正月己丑，广入归来州，惟茅屋数十间，分兵搜捕山箐，皆无所获。所赍食尽，得蛮所储粟千余斛，数日亦尽，馈运不继。先是，有实封诏书在走马承受所，题云："至归来州乃开。"至是开之，诏云："若至归来，讨捕乞第，必不可获，听引兵还。"是役也，颇得黔南兵，皆土丁，遇出征，日给米二升，余无廪给。诸州民夫负粮者，既输粮，官不复给食，以是多馁死不还，有名籍可知者四万人。其家人辅行及送资装者不预焉。军士屯泸州岁余，罹疫物故者六七千人，所费约缗钱百余万。

　　元丰四年冬，朝廷大举讨夏国。十一月，环庆都总管高遵裕出旱海，皇城使、泾原副使总管刘昌祚出葫芦河，共趋灵州，诏昌祚受遵裕节制。昌祚上言军事不称旨，上赐遵裕书云："昌祚所言迂阔，必若不任事者，宜择人代之。"遵裕由是轻昌祚。既而，昌祚先至灵武城下，或传昌祚已克灵武城，遵裕在道闻之，即上贺表曰："臣遣昌祚进攻，已克其城。"既而所传皆虚。遵裕至灵武城，以为城朝夕可下，使昌祚军于闲地，自以环庆兵攻之。时军中皆无攻具，亦无知其法者，遵裕旋令采木造之，皆细小朴拙不可用。又造土囊，欲以填堑。又欲以军法斩昌祚，众共救解之。昌祚忧患成疾，泾原军士皆愤怒。转运判官范纯粹谓遵裕曰："两军不协，恐生他变。"力劝遵裕诣昌祚营问疾，以和解之。遵裕又使呼城上人曰："何不亟降？"其人曰："我未尝败，何谓降也？"

徐禧在鄜延，乘势使气，常言："用此精兵破羸虏，左萦右拂，直前斩之，一步可取三级。"诸将有献策者，禧辄大笑曰："妄语，可斩！"虏阵未出，高永能请击之，禧曰："王者之师，岂可以狙诈取胜耶？"由是取败。

高遵裕既败归，元丰五年，李宪请发兵自泾原筑寨稍前，直抵灵州攻之。先是，朝廷知陕西困于夫役，下诏谕民，更不调夫。至是，李宪牒都转运司，复调夫馈粮，以和雇为名，官日给钱二百，仍使人逼之，云："受密诏：若军乏粮，斩都运使以下。"民间骚然，出钱百缗不能雇一夫，相聚立栅于山泽，不受调，吏往辄殴之。解州加知县以督之，不能进。命巡检、县尉逼之，则执梃欲斗，州县无如之何。士卒前出寨，冻馁死者十五六，存者皆惮行，无斗志。仓库蓄积皆竭。群臣莫敢言，独西京留守文潞公上言："师不可再举。"天子巽辞谢之。枢密副使吕晦叔亦言其不可，上不怿，晦叔因请解机务，即除知定州。会内侍押班李舜举自泾原来，为上泣言："必若出师，关中必乱。"上始信之，召晦叔慰劳之。舜举退，诣执政王禹玉，禹玉迎见，以好言悦之，曰："朝廷以边事属押班及李留后，无西顾之忧矣。"舜举曰："四郊多垒，此卿大夫之辱也。相公当国，而边事属二内臣，可乎？内臣亦止宜供禁庭洒扫之职耳，岂可当将帅之任耶？"闻者代禹玉发惭。六月，诏罢泾原之役，更命鄜延修六寨以包横山之地，遣舜举与承议郎、直龙图阁徐禧往视之，乃命禧节制军事。八月，禧、舜举与鄜延经略使沈括、转运使李稷将步骑四万及诸路役兵，始修永乐，与米脂、绥德皆在无定川中。永乐北倚山，南临无定河，三面皆绝崖，地险要，虏骑数来争之，皆败去。先是，夏虏发国人，十丁取九以为兵，近二十万人，赍百日粮屯于泾原之北，候官军出塞而击之。既闻城永乐，即引兵趋鄜延。边人来告者前后数十，禧等皆不之信，且曰："虏若大来，是吾立功迁官之秋也。"上赐禧等黄旗,曰:"将士立功,受赏当倍于米脂。"禧等恐沈括分其功,乃曰:"城略已就矣,当与存中归延安。"九月乙酉,留李稷及步兵三万余人于永乐,括、偕、禧、舜举以八千人还米脂。是日,永乐遣人走告虏骑且至。丙戌,禧、括留屯米脂,舜举复如永乐。丁亥,虏骑至城下,禧命鄜延总管曲珍领城中兵陈于崖下水际,禧、舜举、稷植黄旗坐于城上临视之。虏自未明引骑过阵前,至食时未绝。裨将高永能曰:"吾众寡不敌,宜及其未成阵冲击之,庶几可破。"不从。虏与官军夹水而阵,前后无际,将士皆有惧色。曲珍曰:"今众心已摇,不可复战,战必败,请收兵入城。"禧曰:"君为大将,奈何遇敌不战,先自退耶?"俄而,虏鸣笳于阵,虏骑争渡水犯官军。先是,选军中勇士良马,谓之"选锋",使居阵前。战未几,选锋先败,退走,蹂践后阵。虏骑乘之,官军大溃,偏裨死者数人,士卒死及弃甲南走者几半,曲珍与残兵万余人入城,崖峻道狭,骑兵弃马缘崖而上,丧马八千余匹,虏遂围之。时楼堞皆未备,水寨为虏所据,城中乏水,至绞马粪、食死人脑。被围累日,曲珍度城必不能守,白禧请帅众突围南走,犹愈于坐而待死。禧怒曰:"君已败军,又欲弃城耶?"戊戌,夜大雨,城遂陷。珍帅众数百人逾城走免,禧、舜举、稷皆没,命官死者三百余人,士卒得免者十无一二。沈括闻曲珍败,永乐被围,退保绥德,遂归延州。时有诏令李宪将环庆兵数万救永乐,比至延州,永乐已陷矣。

永乐既失守,夏国以书系矢,射于环庆境上,经略使卢秉弃之。虏乃更遣所得俘囚,赍书移牒以遗秉,秉不敢不以闻。其词曰:"十一月八日,夏国西南都统昂星嵬名济乃谨裁书致于安抚经略麾下:伏审统戎方面,久向英风,应慎抚绥,以副倾注。昨于兵役之际,提戈相轧,今以书问赘信,非变化曲折之不同,盖各忠于所事,不得不如此耳。夫中国者,礼义之所从出,必动止猷为,不失其正。苟听诬受间,肆诈穷兵,侵人之土疆,残人之黎庶,是乖中国之体,岂不为夷狄之羞哉!昨朝廷暴驱甲兵,大行侵讨,盖天子与边臣之议,谓夏国方守先誓,宜出不虞,五路进兵,一举可定,遂有去年灵州之役、今秋永乐之战。较其胜负,与前日之议为何如哉?且中国祖宗之世,于夏国非不经营之。五路穷讨之策既尝施之矣，诸边肆桡之谋亦尝用之矣，知侥幸之无成，故终归乐天事小之道。兼夏国提封一万里，带甲数十万，西边于阗，作我欢邻，北有大燕，为我强援。今与中国乘隙伺便，角力竞斗，虽十年岂得休息哉！即念天民无辜，被兹涂炭之苦，孟子所谓未有好杀能有志于天下也。况夏国主上自朝廷见伐之后，夙宵兴念，谓自祖宗之世，事中国之礼无或亏，贡聘不敢怠，而边吏幸功，上聪致惑，祖宗之盟既阻，君臣之分不交，岂不惜哉！至于鲁国之忧不在颛臾，隋室之变生于玄感，此皆明公得于胸中，不待言而后喻。今天下倒垂之望正在英才，何不进谠言、辟邪议，使朝廷与夏国欢好如初，生民重见太平，岂独夏国之幸，乃天下之幸也。"

孔旸，于鬼切。鲁山处士旼之弟也。为顺阳令，有虎来至城南，旸令吏卒往逐之，旸最居其前。虎据山大吼，吏卒皆失弓枪偃仆，虎来搏旸，有小吏执砚，趋当其前，虎衔以去。旸取猎户毒矢，挺身逐之，左右谏不可，旸曰："彼代我死，吾何忍不救之？"逐虎入山十余里，竟射中虎，夺小吏而还，小吏亦不死。

汪辅之为河北监司，以轻躁得罪，勒令分司，久之，除知处州。到官日，上表云："清时有味，白首无成。"又曰："插笔有风，空图无日。"或解之曰："杜牧诗云：'清时有味是无能，闲爱孤云静爱僧。欲把一麾江海去，乐游原上望昭陵。'属意怨望。"有旨，复令分司。

赵阅道抃熙宁中以资政殿大学士知越州，两浙旱蝗，米价踊贵，饿死者十五六。诸州皆榜衢路，立赏禁人增米价。阅道独榜衢路，令有米者任增价粜之。于是诸州米商辐辏，米价更贱，民无饿死者。阅道治民，所至有声，在成都、杭、越尤著。张济云。

赵阅道为人清素，好养生，知成都，独与一道人及大龟偕行。后知成都，并二侍者无矣。蜀人云。

至和中，范景仁为谏官，赵阅道为御史，以论陈恭公事有隙。熙宁中，介甫执政，恨景仁，数讦之于上，且曰："陛下问赵抃，即知其为人。"他日，上以问阅道，对曰："忠臣。"上曰："卿何以称其忠？"对曰："嘉祐初，仁宗不豫，镇首请立皇嗣以安社稷，岂非忠乎？"既退，介甫谓阅道曰："公不与景仁有隙乎？"阅道曰："不敢以私害公。"范景仁云。

曾布为三司使，与吕嘉问争市易事，介甫主嘉问，布坐左迁。诏命始出，朝士多未知之。布字子宣，嘉问字望之。或问刘贡甫，曰："曾子避席。"又问："望之何如？"曰："望之俨然。"介甫闻之不喜，由是出贡父知曹州。公佐云。

冯当世、孙和叔、吕晦叔、薛师正同知枢密府，三人屡于上前争论，晦叔独默不言。既而上顾问之，晦叔方为之开析可否，语简而当，上尝纳之，三人亦不能违已。出则未尝语人。皆讥晦叔循默，不副众望，晦叔亦不辨也，同僚或为辨之。伯淳云。

上好与两府议论天下事，尝谓晦叔曰："民间不知有役矣。"对曰："然。上户昔日以役多破家，今则饱食安居，诚幸矣。下户昔无役，今索钱，则苦矣。"上曰："然则法亦当更矣。"伯淳云。

晦叔与师正并命入枢府，师正事晦叔甚恭，久之，晦叔亦稍亲之，议事颇相左。阁门副使韩存宝将陕西兵讨泸戎蛮，拔数栅，斩首数百级。上欲优进官秩，以劝立功者，师正曰："泸戎本无事，今优赏存宝，后有立功大于此者，何以加之？"晦叔曰："薛尚书言是也。"乃除四方馆使。伯淳云。

市易司法，听人赊贷县官货财，以田宅或金帛为抵当，无抵当者，三人相保则给之，皆出息十分之二，过期不输，息外每月加罚钱百分之二。贫人及无赖子弟，多取官贷，不能偿，积息罚愈滋，囚系督责，徒存虚数，实不可得。刑部郎中王居卿初提举市易司，奏以田宅金帛抵当者，减其息。无抵当徒相保者，不复给。自元丰二年正月七日以前，本息之外，所负罚钱悉蠲之，凡数十万缗，负本息者，延期半年。众议颇以为惬。杨作云。

李南公知长沙县，有斗者，甲强乙弱，各有青赤。南公召使前，以指捏之，曰："乙真甲伪也。"诘之，果服。盖方有榉柳，以叶涂肤，则青赤如殴伤者。剥其皮，横置肤上，以火熨之，则如棓伤者，水洗不落。南公曰："殴伤者血聚而硬，伪者不然，故知之。"有一村多豪户，税不可督，所差户长辄逃去。南公曰："此村无用户长，知县自督之。"书其村名，帖之于柱。豪右皆惧，是岁，初限未满，此村税最先集。又诸村多诡名，税存户亡，每岁户长代纳，亦不可督。南公悉召其村豪右，谓之曰:"此田不过汝曹所典买耳,与汝期一月,为我推究,不则汝曹均输之。"及期,尽得冒佃之人,使各承其税。河北提点刑狱有班行犯罪,下狱按之,不服,闭口不食百余日,狱吏不敢拷讯,甚患之。南公曰:"吾力能使之食。"引出,问曰:"吾欲以一物塞君鼻,君能终不食乎?"其人惧,即食,且服罪。人问其故,南公曰:"彼必善服气者,以物塞鼻则气结,故惧。"

元丰元年正月十五日夜,张灯,太皇太后以齿疾不能食,不出观。故上于闰月十五日夜于禁中张灯,露台妓乐俱入,太皇太后疾尚未平,酒数行而起。李偕臣云。

其年冬,太皇太后得水疾,御医不能愈。会新知邠州薛昌期亦病水疾,得老兵王麻胡疗之,数日而愈。上闻之,遣中使召麻胡入禁中疗太皇太后疾,亦愈。上喜,即除麻胡翰林医官,赐金紫,仍赐金帛,直数千缗。

岐王夫人,冯侍中拯之曾孙也,失爱于王,屏居后阁者数年。元丰二年春,岐王宫遗火,寻扑灭。夫人闻有火,遣二婢往视之。王见之,诘其所以来,二婢曰:"夫人令视大王耳。"王乳母素憎夫人,与王二嬖人共谮之,曰:"火殆夫人所为也。"王怒,命内知客鞫其事,二婢不胜拷掠,自诬云:"夫人使之纵火。"王杖二婢,而且哭于太后曰:"新妇所为如是,臣不可与同处。"太后怒,谓上:"必斩之。"上素知其不睦,必为左右所陷,徐对曰:"彼公卿家子,岂可遽尔?俟按验得实,然后议之。"乃召二婢,使宫官郑穆问鞫于皇城司。数日,狱具,无实,又命宫官冯诰录问。上乃以其狱白太后,因召夫人入禁中,夫人大惧,欲自杀,上遣中使慰谕曰:"汝无罪,勿恐。"且命径诣太皇太后宫,太皇太后亦慰存之。太后与上继至,诘以火事,夫人泣拜谢罪,乃曰:"纵火则无之。然妾小家女,福薄,诚不足以当岐王伉俪,幸赦其死,乞削发出外为尼。"太后曰:"闻汝诅骂岐王,有诸?"对曰:"妾乘忿,或有之。"上乃罪乳母及二嬖人,命中使送夫人于瑶华宫,不披戴,旧俸月钱五十缗,更增倍之,厚加资给,曰:"候王意解,当复迎之。"君贶云。

卷十五

元丰三年，开封府界提点陈向建议，令民资及三千缗者养战马一匹，民甚苦之。薛师正时为枢密副使，初无异议，及事已施行，向诣枢密院白事，师正欲压众议，折难甚苦。向怒，以告谏官舒亶，劾奏师正为大臣，事有不可，不面陈而背诽以盗名。由是罢正议大夫、知颍州。谏官又言其罢黜之后，不杜门省咎，而宾客集其门日以百数，对客有怨愤语，改知随州。翰林学士、御史中丞李定坐不纠弹，落职知河阳。

富公为人温良宽厚，泛与人语，若无所异同者。及其临大节，正色慷慨，莫之能屈。智识深远，过人远甚，而事无巨细，皆反覆熟虑，必万全无失然后行之。宰相，自唐以来谓之礼绝百僚，见者无长幼皆拜，宰相平立，少垂手扶之，送客，未尝下阶，客坐稍久，则吏从旁唱"宰相尊重"，客蹴踏起退。及公为相，虽微官及布衣谒见，皆与之抗礼，引坐，语从容，送之及门，视其上马，乃还。自是群公稍稍效之，自公始也。自致仕归西都，十余年，常深居不出。晚年，宾客请见者，亦多谢以疾。所亲问其故，公曰："凡待人，无贵贱贤愚，礼貌当如一。吾累世居洛，亲旧盖以千百数，若有见有不见，是非均一之道。若人人见之，吾衰疾，不能堪也。"士大夫亦知其心，无怨也。尝欲往老子祠，乘小轿过天津桥，会府中徙市于桥侧，市人喜公之出，随观之，于是安上门市为之空，其得民心也如此。及违世，士大夫无远近、识与不识，相见则以言，不相见则以书，更相吊唁，往往垂泣，其得士大夫心也又如此。呜乎！苟非事君尽忠，爱民尽仁，推恻怛至诚之心充于内而见于外，能如是乎？

初，选人李公义陈言，请为铁龙爪以浚河。其法用铁数斤为龙爪形，沈之水底，系组，以船曳之而行。宫官黄怀信以为铁爪，只列干木下如耙状，以石压之，两旁系大组，两端钉大船，相距八十步，各用革车绞之，去来挠荡泥沙，已，又移船而浚之。事下大名安抚司，安抚司命金提司管勾官范子渊与通判、知县共试验之，皆言不可用。会子渊官满入京师，王介甫问子渊："浚川铁耙、龙爪法甚善，何故不可用？"子渊因变言："此诚善法，但当时同官议不合耳。"介甫大喜，即除子渊都水外监丞，置浚川司，使行其法，听其指使二十人，给公使库钱。子渊乃于河上令指使分督役卒，用二物疏浚，各置历，书其课曰："某日以扫疏若干步，深若干尺。"其实水深则耙不能及底，虚曳去来。水浅则齿碍泥沙，曳之不动，卒乃反齿向上而曳之。所书之课，皆妄撰，不可考验也。会都水监丞程昉建议于大名河曲开直河，既成，子渊属昉称直河浅，牒浚川司使用耙浚之，庶几附以为功，昉从之。既而奏上状，昉、子渊及督役指使各迁一官。先是，大名府河每岁夏水涨，则自许家港溢出，及秋水落，还复故道，皆在大提之内。熙宁八年，子渊复欲求功，乃令指使讽诸扫中大名府云："今岁七分入许家港，三分行故道，恐河势遂移，乞牒浚川司用耙疏浚故道。"府司从之。是岁旱，港水所浸田不适万顷，子渊用耙不及一月而罢。九年，子渊上言："去岁大河几移，赖浚川耙得复故道，出民田数万顷。其督役官吏，更乞酬奖。"事下都水监，司保奏称子渊等有奇功，乞加优赏。是时，天下皆言浚川铁耙、龙爪如儿戏，适足以资谈笑，王介甫亦颇闻之，故不信都水监之言，更下河北转运、安抚司，令保奏。会介甫罢相，文潞公上言："河水浩大，非耙可浚，秋涸故其常理，虽河滨甚愚之人，皆知浚川耙无益于事。臣不敢雷同保奏，共为欺罔。"奏上，上不悦，命知制诰熊本与都水、转运司共按视浚川利害。本乃与都水监主簿陈祐甫、河北转运使陈知俭共按问，诸扫人言："八年，故河道水减三尺，耙未至间已增二尺，耙至又增二尺。又从以前十年，水皆夏溢秋复，不惟此一年。"乃奏："水落实非耙所致。"子渊在京师，先闻之，遽上殿言："熊本、陈知俭、陈祐甫意谓王安石出，文彦博必将入相，附会其意，以浚川耙为不便。臣闻本奉使按事，及诣彦博纳拜，从彦博饮食，祐甫、知俭皆预焉，及屏人私语，今所奏必不公。且观彦博之意，非止言浚川耙而已。陛下一听其言，天下言新法不便者必蜂起，陛下所立之法大坏矣。"上以为然。于是知杂御史蔡确上言："熊本奉使不谨，议论不公，乞更委官详定浚川是非。"十年，诏命确与知检院黄履详定，有是非者取勘闻奏。确于是置狱，逮系证佐二百余人，狱逾半年不决。上又命内供奉官冯宗道试浚川耙于汴水,宗道辞以疾,上令俟宗道疾愈必往试之,宗道乃请与子渊偕往。每料测量,有深于旧者,有不增不减者,大率三分各居其一。宗道每日据实奏闻,上意稍悟,治狱微缓。会荥泽河堤涨急,诏判都水监俞充往治之,河危将决,赖用浚川耙疏导得免,具图以闻。上嘉之,于是治狱益急。时郊赦将近,诏浚川事不以赦原。狱具,子渊坐上言诈不实,熊本、陈祐甫坐附会违制,陈知俭坐报制院不实。元丰元年正月辛未,敕熊本落知制诰,夺一官,以屯田员外郎分司;范子渊、陈祐甫夺一官,职任如故;陈知俭夺一官,充替。知俭云。

前判都水监李立之云:介甫前作相,尝召立之问曰:"有建议欲决白马河堤以淤东方之田者,何如?"立之不敢直言其不可,对曰:"此策虽善,但恐河决,所伤至多。昔天圣初,河决白马东南,泛滥十余州,与淮水相通,徐州城上垂手可掬水。且横贯韦城,断北使往还之路,无乃不可。"介甫沈吟良久,曰:"听使一淤何伤,但恐妨北使路耳。"乃止。

集贤校理刘贡父好滑稽,尝造介甫,值一客在座,献策曰:"梁山泊决而涸之,可得良田万余顷,但未择得便利之地贮其水耳。"介甫倾首沈思,曰:"然。安得处所贮许多水乎?"贡父抗声曰:"此甚不难。"介甫欣然,以为有策,遽问之,贡父曰:"别穿一梁山泊,则足以贮此水矣。"介甫大笑,遂止。

介甫秉政,凤翔民献策:"陕州南有涧水,西流入河,若疏导使深,又凿陕石山使通穀水,因道大河东流入穀水,自穀入洛,至巩复会于河,以通漕运,可以免砥柱之险。"介甫以为然,敕下京西、陕西转运司差官相度。京西差河南府户曹王泰,王泰欲言不便,则恐忤朝廷获罪;欲言便,则恐为人笑。乃申牒言:"今至穀水上流相度,若疏引大河水,得至渑县境,入穀水,委实便利可行。"盖出渑县境则陕石大山,属陕西路故也。陕西言不可行,乃止。

祖宗以来,汴口每岁随河势向背改易,不常其处,于春首发数州夫治之。应舜臣上言:"汴口得便利处,可岁岁常用,何必屡易,公私劳费?盖汴口官吏欲岁兴夫役以为己利耳。今訾家口在孤柏岭下,最当河流之冲,水必不至乏绝,自今请常用之,勿复更易。或水小,则为辅渠于下流以益之;大则置斗门以泄之。"介甫善其议而从之,擢舜臣权三司判官。后数岁,介甫出知江宁,会汴水大涨,京师忧惧,朝廷命判都水监少卿宋昌言往视之。昌言白政府,请塞訾家口,独留辅渠。韩子华、吕吉甫皆许之。时监丞侯叔献适在外,不预议。昌言至汴口,牒问提举汴口官王琐等二口水势,琐等报:"訾家口水三分,辅渠水七分。"昌言遂奏塞訾家口,朝廷从之。叔献素与昌言不协,及介甫再入相,叔献谮昌言附会韩、吕,塞訾家口,故变易相公在政府所行事。介甫怒,昌言惧,求出,得知陕州。会熙宁八年夏,河背新口,汴水绝,叔献屡上言由昌言塞訾家口所致,朝廷命叔献开之。既通流,于是昌言及王琐各降一官,昌言乃徙,都判监李立之仍出知陕,以叔献代之。立之未离京师,河背訾家口,汴水复绝,一如前日。朝廷更命叔献开之,亦不罪叔献也。立之云。

　　元丰元年春,塞汴河,诏发民夫五十万,役兵二十万,云:"欲凿故道以导河北行,不行则决河北岸王莽河口,任其所至。"恐其浸淫南及京城故也。天章阁待制韩缜、都水监丞刘玙、河北运判汪辅之掌之。邦彦云。

　　旧制,河南、河北、曹、濮以西,秦、凤以东,皆食解盐;益、梓、利、夔四路,皆食井盐;河东食土盐,其余皆食海盐。自仁宗时,解盐通商,官不复榷。熙宁中,市易司始榷开封、曹、濮等州及利、益二路,官自运解盐卖之,其益、利井盐俟官无解盐,即听自卖。九年,有殿中丞张景温建议,请榷河中等五州,官自卖盐,增重其价,民不肯买,乃课民日买官盐,随其贫富、作业为多少之差。有买卖私盐,听人告讦,重给赏钱,以犯人家财充。买官盐食之不尽,留经宿者,同私盐法。于是民间骚怨,盐折钞,旧法每席六缗,至是才直二缗有余,商人不入粟,边储失备。朝廷疑之,乃召陕西东路转运使皮公弼入议其事,公弼极陈其不便。有旨令于三司议之,三司使沈括以向附介甫意,言景温法可行,今不可改,尽言其非。而更为别札称,据景温申,官卖盐岁获利二十余万缗,今通商,则失此利。再取旨,上复令与公弼议之。公弼条陈实无此利。于是罢开封、河中等州,益、利等路卖盐,独曹、濮等数州行景温之法。公弼云。

吴冲卿、蔡中正等为枢密副使，上言请废河南北监牧司，文潞公为枢密使，以为不可。元厚之为翰林学士，与曾孝宽受诏详定。厚之计其吏兵之禄，及牧田可耕种，所以奏称："两监岁费五十六万缗，所息之马用三万缗可买。"诏尽废天下马监，止留沙苑一监，选其马可充军马者，悉令送沙苑监。其次给传置，其次斥卖之。牧田听民租佃。仍令转运司输每岁所有五十三万缗于市易务。马既给诸军，则常给刍粟及缣帛粮饷，所省费甚广。诸监马送沙苑者止四千余匹，在道羸死者殆半。国马尽于此矣。时熙宁八年冬也。马士宣云。

熙宁初，余罢中丞，复归翰林，有成都进士李戒投书见访，云："戒少学圣人之道，自谓不在颜回、孟轲之下。"其词孟浪，高自称誉，大率如此。又献《役法大要》，以为："民苦重役，不苦重税，但闻有因役破产者，不闻因税破产也。请增天下田税钱谷各十分之一，募人充役。仍命役重轻分为三等，上等月给钱千五百、谷二斛，中、下等以是为差。计雇役犹有羡余，可助经费。明公倘为言之于朝，幸而施行，公私不日皆富贵矣。"余试举一事难之曰："衙前有何等？"戒曰："上等。"余曰："今夫衙前掌官物，贩夫者或破万金之产，彼肯顾千五百钱、两斛之谷来应募耶？"戒不能对。余因谢遣之，曰："仆已去言职，君宜诣当官献之。"居无何，复来投书，曰："三皇不圣，五帝不圣，自生民以来，惟孔子为圣人耳。孔子没，孟轲以降盖不足言，今日复有明公，可继孔子者也。"余骇惧，遽还其书，曰："足下何得为此语？"固请留书，余曰："若留君书，是当而有之也。死必不敢。"又欲授余左右，余叱左右使勿接，乃退。余以其狂妄，常语于同列，以资戏笑。时韩子华知成都，戒亦尝以此策献之，子华大以为然。及入为三司使，欲奏行之，余与同列共笑且难之，子华意沮，乃止。及介甫为相，同置制三司条例司，为介甫言之，介甫亦以为然，雇役之议自此起。时李戒已得心疾，罢举归成都矣。自见。

介甫之再入相也，张谔建言："往者衙前经历重难，皆得场务酬奖，享利过厚。其人见存者，请依新法据分数应给钱缗外，余利追理入官，谓之'打抹'。专委诸州长吏检括，如有不尽，以违制罪之，不以赦降、出官原免。"于是诸州竞为刻剥，或数十年前尝经酬奖，今已解役，家资贫破，所应输钱有及二三千缗者，往往不能偿而自杀。

介甫申明按问欲举之法，曰："虽经拷掠，终是本人自道，皆应减二等。"由是劫贼盗无死者。刘鸣玉云。

先朝以来，夔州路减省赋，上供无额，官不榷酒，不禁茶盐，务以安远人为意。

熙宁八年五月，内批："张方平枢密使。"介甫即欲行文书，吉甫留之，曰："当俟晚集更议之。"因私语介甫曰："安道入，必为吾属不利。"明日再进呈，遂格不行。君贶云。

三司使章惇尝登对，上誉张安道之美，问识否，惇退，以告吉甫。明旦，吉甫与安道同行入朝，因告以上语，且曰："行当大用矣。"安道缩鼻而已。其暮，安道方与客坐，惇通刺入门谒见，安道使谢曰："素不相识，不敢相见。"惇惭怍而退。故蔡承禧弹惇曰："朝登陛下之门，暮入惠卿之室。"为此也。由是上恶惇，介甫恶安道，未几皆出。王承偓云。

介甫初参大政，章辟光上言："岐王、嘉王不宜居禁中，请使出居于外。"太后怒，与上言："辟光离间兄弟，宜加诛窜。"辟光扬言："王参政、吕惠卿来教我上此书，今朝廷若深罪我，我终不置此二人。"惠卿惧，以告介甫。上欲窜辟光于岭南，介甫力营救，止降监当而已。吕献可攻介甫，引辟光之言以闻于上，献可坐罢中丞、知邓州。苏子容当草制，曾鲁公召谕之曰："辟光治平四年上书，当是时介甫犹在金陵，惠卿监杭州酒，安得而教之？"故其制词云："当小人交构之言，肆罔上无根之语。"制出，士大夫颇以子容制词为非，子容以鲁公之言告，乃知治平四年辟光所上言他事，非言岐、嘉者。子容深悔之，尝谓人曰："介甫虽黜逐我，我怨之不若鲁公之深也。"王尧云。

韩魏公判相州，有三人为劫，为邻里所逐而散。既而为魁者谓其徒曰："自今劫人，有救者先杀之。"众诺。他日，又劫一家，执其老妪，搒捶求货，邻人不忍，共传呼来，语贼曰："此妪更无他货，可惜搒死。"其徒即刺杀之。州司皆处三人死。刑房堂后官周清，本江宁法司，后为兵司大将，王介甫引置中书，且立法云："若刑房能驳正大理寺及刑部断狱违法得当者,一事迁一官。"故刑房吏日取旧案,吹毛以求其失。清以此自大将四年迁至供备库使、行堂后官事。清驳之曰:"新法,凡杀之人,虽已死,其为从者被执,虽经拷掠,苟能先引服,皆从按问欲举律减四等。今盗魁令其从云'有救者先杀之',则魁当为首,其从用魁言杀救者则为从。又,至狱先引服,当减等。而相州杀之,刑部不驳,皆为失入死罪。"事下大理,大理以为:"魁言有救者先杀之,谓执兵杖来斗者也。今邻人以好言劝之,非救也。其徒自出己意,手杀人,不可为从。相州断是。"详断官窦平、周孝恭以此白检正刘奉世,奉世曰:"若为法官,自图之,何必相示?"二人曰:"然则不可为失入。"奉世曰:"君自当依法,此岂必欲君为失入耶?"于是大理奏:"相州断是。"清执前议,再驳,复下刑部新官定。刑部以清驳为是,大理不服。方争论未决,会皇城司奏相州法司潘开赍货诣大理行财枉法。初,殿中丞陈安民金书相州判官日断此狱,闻周清驳之,惧得罪,诣京师,历抵亲识求救。文潞公之子大理评事文及甫,乃陈安民之姊子、吴冲卿之婿也。冲卿时为首相,安民以书召开云:"尔宜自来照管。"法司竭其家资入京师,欲货大理吏求问息耗。相州人高在等在京师为司农吏,利其货,诡托书吏数人,共耗用其物,实未尝见大理吏也。为皇城司所奏,言赍三千余缗行求大理。事下开封府,按鞫无行赂状,惟得安民与开书。谏官蔡确知安民与冲卿有亲,乃密言:"事连大臣,非开封可了。"乃移其狱下御史台司,旬有数日,所按与开封无异。会冲卿在告,王珪奏令确共按之,与寺丞刘仲弓推鞫,收大理寺详断官窦平、周孝恭等,枷缚暴于日中,凡五十七日,求其受贿事,皆无状。中丞邓润甫夜闻掠囚声,以为平、孝恭等,其实他囚也。润甫心非确所为惨刻,而力不能制。确引陈安民,置枷于前而问之,安民惧,具道尝请求文及甫,及甫已白丞相,丞相甚垂意。确得其辞,甚喜,遽欲与润甫登对奏之,言丞相受请枉法,润甫止之。明日,润甫在经筵,独奏:"相州狱事甚微,大理实无受赂事,而蔡确深探其狱,滋蔓不已,窦平等皆朝士,搒掠身无完肤,皆衔冤自诬。乞早结正。"上甚骇异。明日,确欲登对,上使人止之,不得前。命谏官黄履、监察御史黄廉、御药李舜举同诣台按验。三人与润甫、确坐庑下,约都不得语,引囚于前，读示以所承之词，令实则书实，虚则自陈冤。囚畏狱吏之酷，皆书款引实，验拷掠之痕，则无之，履等还奏。确又上书："陈安民请求文及甫，事连宰相，邓润甫党附执政，不欲推究，故早求结正。"上遂大怒，以润甫为面谩，确为忠直。元丰元年四月丙辰，润甫落翰林学士、中丞，以右谏议大夫知抚州，告词曰："奏事不实，奉宪失中。言涉诋欺，内怀顾避。"中允、监察里行上官均亦尝上言确按狱深刻，降授光禄寺丞、知邵武军光泽县，告词曰："不务审克，苟为朋附，俾加阅实，不如所言。"确自右正言除右谏议、权中丞。确遂收文及甫系狱。及甫惧，亦云尝白丞相，言固是。又云尝属冲卿子群牧判官、太常博士安持。确又收刑房检正刘奉世。奉世先为枢府检详，冲卿自枢府入相，奏为检正，雅信重之。确令大理称受奉世风旨出相州狱，奉世惧，亦云于起居日尝受安持属请。又欲收安持，上不许，令即讯，安持恐被收，亦言尝以属奉世。时三司使李承之、副使韩忠彦皆上所厚，承之尝为都检正，忠彦，韩公之子也，确皆令囚引之。承之知之，数为上言确险诐之情，上意亦解，趣使结正。六月己丑，刘奉世落直史馆，监当。吴安持夺一官，降监当。文及甫冲替。陈安民追停。韩忠彦赎铜十斤。自余连坐者十余人。周清迁一官。冲卿上表请退，及阁门待罪者三四日，上辄遣中使召出令视事。确屡帅台谏官登对，言罪吴安持太轻，上曰："子弟为亲戚所属请，不得已而应之，此亦常事，何足深罪？卿辈但欲共攻吴充出之，此何意耶？"以确所弹奏札还之，言者乃止。公廉、李举之、王得臣、伯淳、冯如晦云。

卷十六

　　向来执政弄权者，虽潜因喜怒作威福，犹不敢乱资序、废赦令。王介甫引用新进资浅者，多借以官，苟为己尽力，则因而进擢；或小有忤意，则夺借官而斥之；或无功，或无过，则暗计资考及常格，然后迁官。如吕吉甫弟升卿新及第，为真定府观察推官，初无资考，使之察访京东，还，除淮南转运判官。转运判官皆须朝官为之，借以太子中允，寻召为崇正殿说书。及介甫与吉甫有隙，升卿复于上前诋讦介甫之短，由此被斥，然尚以宣力久，特迁太祝，监无为军税。练亨甫以泗州军事推官为崇文院校书兼检正官，及坐邓绾事，亦以宣力久，循一资为潭州军事判官。

　　介甫用事，坐违忤斥逐者，虽累经赦令，不复旧职。如知制诰李大临、苏颂封还李定词头，夺职外补，几十年，经三赦，大临才得待制，颂不得秘书监。及熙宁十年圜丘赦，颂除谏议大夫。宗回云。

　　熙宁七年圜丘赦，中书奏谪官应复者四十余人，中旨悉复旧原。吕吉甫参知政事，意所恶者皆废格不可。如胡宗愈、刘挚皆坐为台谏官言事落职外补，至是惟挚复馆职，宗愈为苏州通判，一不沾恩。挚尝言曾布，布为吉甫所恶故也。十年圜丘赦，宗愈始复馆职。宗回云。

　　介甫用新进为提转，其资在通判以下则称"权发遣"，知州称"权"，又迁则落"权"字。李舜卿云。

　　何涉以录事参军提举梓州路常平仓，涉所至暴横，棰挞吏民以立威，皆窜匿无地。气陵提转，直出其上，公牒州县云："未得当司指挥，其提转牒皆不得施行。"转运司李竦、判官陈充与之议事不合，辄叱骂之。知州诣之白事，下马于门外，循廊而进，至其坐榻之侧，亦不为起。涉欲废广安军，众议以为旁出他州远，不可废。有章辟方得其父集贤校理何集所撰《鼓角楼记》以呈之，曰："先君子亦具言置军要害之意。"涉曰："凡事当从公论，此妄语，何足凭也？"李竦等具奏其状，诏罢归。涉沿道上奏，讼竦等，无所不道。至京师，下开封府鞫问。

浃索纸万幅以答款,府司以数百幅给之,乃一纸书一宗。坐上书诈不实,凡一百四十事,由是停官。时所遣提举官,大抵狂妄作威,而浃最为甚。_{刘峤云。}

初,韩公知扬州,介甫以新进士佥书判官事,韩公虽重其文学,而不以吏事许之。介甫数以古义争公事,其言迂阔,韩公多不从。介甫秩满去,会有上韩公书者,多用古字,韩公笑而谓僚属曰:"惜乎王廷评不在此,此人颇识难字。"介甫闻之,以韩公为轻己,由是怨之。及介甫知制诰,言事复多为韩公所沮。会遭母丧,服除,时韩公犹当国,介甫遂留金陵,不朝参。曾鲁公知介甫怨忌韩公,乃力荐于上,强起之,其意欲以排韩公耳。_{苏尧云。}

上将召用介甫,访于大臣,争称誉之。张安道时为承旨,独言:"安石言伪而辩,行伪而坚,用之必乱天下。"由是介甫深怨之。_{苏尧云。}

曾布改助役为免役,吕惠卿大憾之。_{苏尧云。}

介甫使徐禧、王古按秀狱,求惠卿罪不得,又使蹇周辅按之,亦无状迹。王雱危之,以让练亨甫、吕嘉问,亨甫等请以邓绾所言惠卿事杂他书下秀狱,不令丞相知也。惠卿素加恩结堂吏,吏遽报惠卿于陈州。惠卿列言其状,上以示介甫,介甫对"无之",归以问雱,乃知其状。介甫以咎雱,雱时已寝疾,愤怒,遂绝。介甫以是惭于上,遂坚求退。_{苏尧云。}

介甫请并京师行陕西所铸折二钱,既而宗室及诸军不乐,有怨言,上闻之,以问介甫,欲罢之。介甫怒曰:"朝廷每举一事,定为浮言所移,如此何事可为?"退,遂移疾,卧不出。上使人谕之,曰:"朕无间于卿,天日可鉴,何遽如此?"乃起。_{苏尧云。}

谏议大夫程师孟尝请于介甫曰:"公文章命世,师孟多幸,生与公同时,愿得公为墓志,庶传不朽,惟公矜许。"介甫问:"先正何官?"师孟曰:"非也,师孟恐不得常侍左右,欲豫求墓志,俟死而刻之耳。"介甫虽笑许,而心怜之。及王雱死,有习学检正张安国者,被发藉草,哭于枢前,曰:"公不幸,未有子,今闻方有娠,安国愿死,托生为公嗣。"京师为之语曰:"程师孟生求速死,张安国死愿托生。"_{苏尧云。}

上以外事问介甫,介甫曰:"陛下从谁得之?"上曰:"卿何以问所从来?"介甫曰:"陛下以他人为密,而独隐于臣,岂君臣推心之道乎?"上曰:"得之李评。"介甫由是恶评,竟挤而逐之。他日,介甫复以密事质于上,上问从谁得之,介甫不肯对,上曰:"朕无隐于卿,卿独有隐于朕乎?"介甫不得已,曰:"朱明为臣言之。"上由是恶朱明。朱明,介甫妹夫也。及介甫出镇金陵,吉甫欲引介甫亲昵置之左右,荐朱明为侍讲,上不许,曰:"安石更有妹夫为谁?"吉甫以直讲沈季长对,上即召季长为侍讲。吉甫又引弟升卿为侍讲。升卿素无学术,每进讲,多舍经而谈钱谷利害、营缮等事。上特问以经义,升卿不能对,辄目季长从旁代对。上问难甚苦,季长词屡屈,上问从谁受此义? 对曰:"受之王安石。"上笑曰:"然则且尔。"季长虽党附介甫,而常非王雱、王安礼及吉甫所为,以谓必累介甫。雱等深恶之,故亦不甚得进用也。伯淳云。

熙宁六年十一月,吏有不附新法者,介甫欲深罪之,上不可。介甫固争之,曰:"不然,法不行。"上曰:"闻民间亦颇苦新法。"介甫曰:"祁寒暑雨,民犹怨咨者,岂足顾也?"上曰:"岂若并祁寒暑雨之怨亦无耶?"介甫不悦,退而属疾家居。数日,上遣使慰劳之,乃出。其党为之谋曰:"今取门下士上所素不喜者暴进用之,则权重,否则,将有人窥间隙矣。"介甫从之。既出,即奏擢章惇、赵子幾等,上正喜其出,勉强从之,由是权益重。鞠丞之云。

熙宁八年十一月,介甫以疾居家。上遣中使问疾,自朝至暮十往返,医官脉状皆使驶行亲事赍奏。既愈,复给假十日将治,又给三日,又命两府就第议事。伯淳云。

兴化县尉胡滋,其妻宗室女也,自言梦人衣金紫,自称王待制来为夫人儿,妻将产子。介甫闻之,自京师至金陵,与夫人常坐于船门帘下,见船过辄问:"非胡尉船乎?"既而得之,举家悲喜,亟往抚视,涕泣,遗之金帛不可胜数,邀与俱还金陵。滋言有捕盗功,应诣铨曹求赏。介甫使人为营致,除京官,留金陵半年,欲丐其儿,其母不可,乃遣之。苏尧云。

内侍李宪既怨介甫罢其南征,乃言青苗钱为民害,上以内批罢之,介甫固执不可而止。先是,州县所敛青苗钱,使者督之,须散尽乃已,官无余蓄。至是,剩留五分,皆宪发之也。苏尧云。

介甫既罢相,冲卿代之,于新法颇更张,禹玉始无异同。御史彭汝砺劾奏禹玉云:"向者王安石行新法,王珪从而和之。今吴充变行新法,王珪亦从而和之。若昨是则今非,今是则昨非矣。乞令珪分析。"禹玉由是力主新法不肯变。汝砺又言:"俞充为成都转运使,与宦官王中正共讨茂州蛮,媚事中正,故得都校正。"又言:"李宪拥兵骄恣。"由是不得居台中,加馆职充江南东路提刑。汝砺因辞馆职。苏尧云。

吕升卿于上前言练亨甫以秽德为王雱所昵,且曰:"陛下不信臣言,臣有老母,敢以为誓。"于是台谏言:"王安国非议其兄,吕惠卿谓之不弟,放归田里。今升卿对陛下亲诅其母,比安国罪不尤重乎?"有旨:升卿罢江西转运副使,削中允,落直集贤院,以太祝监无为军酒税。时熙宁八年十二月也。王得臣云。

吉甫言王安礼任馆职,狎游无度,安礼由是乞出,一章即许之,除知润州。介甫犹以吉甫先居忧在润州,欲使安礼采其过失故也。得臣云。

王安国字平甫,介甫之弟也,常非其兄所为。为西京国子监教授,溺于声色。介甫在相位,以书戒之曰:"宜放郑声。"安国复书曰:"安国亦愿兄宜远佞人也。"官满,至京师,上以介甫故,召上殿,时人以为必除侍讲。上问以其兄秉政物论如何,对曰:"但恨聚敛太重、知人不明耳。"上默然不悦,由是别无恩命。久之,乃得馆职。安国尝力谏其兄,以天下汹汹,不乐新法,皆归咎于公,恐为家祸。介甫不听,安国哭于影堂,曰:"吾家灭门矣。"又尝责曾布以误惑丞相,更变法令,布曰:"足下谁人之子弟?朝廷变法,何预足下事?"安国勃然怒曰:"丞相,吾兄也;丞相父,即吾之父也。丞相由汝之故,杀身破家,僇及先人,发掘丘垄,岂得不预我事也!"仲道、思正、苏尧云。

士大夫以濮议不正,咸疾欧阳修,有谤其私从子妇者。御史中丞彭思永、殿中侍御史蒋之奇承流言劾奏之,之奇仍伏于上前,不肯起。诏二人具片语所从来,皆无以对。治平四年三月五日,俱坐谪官。仍敕榜朝堂,略曰:"偶因燕申之言,遂腾空造之语,丑诋近列,中外骇然。以其乞正典刑,故须阅实其事,有一于此,朕亦不敢以法私人。及辩章之屡闻,皆狂澜而无考。"又曰:"苟无根之毁是听,则谗欺之路大开。上自迩僚,下逮庶尹,闺门之内,咸不自安。"先是,之奇盛称濮议之是以媚修,由是荐为御史,既而攻修。修寻亦外迁,其上谢表曰:"未干荐祢之墨,已关射羿之弓。"

熙宁十年七月,王韶献所著,名曰《发明自身之学》,皆荒浪狂谲之语。其一篇曰《法身三门》,其略曰:"敷阳子既罢枢密副使、知洪州,于庐山之北建法堂,中建法身像,号曰太虚无极真人。遂立三门:一曰鸿枢独化之门,二曰万灵朝真之门,三曰金刚巨力之门。太虚无极真人独化行于天下,而天下方赖幽明显晦,有识无识皆会而朝之。太虚无极真人出独化之明,建大法旗,击大法鼓,手提玉印,临大庭而躬接之。"其书凡十万余言,皆仿此。既而进御,又摹印以遗朝中诸公及天下藩镇学校,其妖妄无所忌惮如此。王公仪得其书以示余。

观文殿学士、知洪州王韶上谢表曰:"为贫而仕,富贵非学者之本心;与时偕行,功业盖丈夫之余事。"又曰:"自信甚明,独立不惧。面折廷争,则或贻同列之忿;指谪时病,则或异大臣之为。以至圣论虽时有小差,然臣言亦未尝曲徇。"又曰:"晓然知死生之不迷,灼然见古今之不异。通理尽性,虽未能达至道之渊微;立言著书,亦足以赞一朝之盛美。"知杂御史蔡确上言:"韶不才忝冒,自请便亲,敢因谢表,辞旨怨愤?指斥圣躬,公为罔慢。"于是落韶观文殿学士,降知鄂州。

交趾之围邕州也,介甫言于上曰:"邕州城坚,必不可破。"上以为然。既而城陷,上欲召两府会议于天章阁,介甫曰:"如此则闻愈彰,不若只就东府。"上从之。介甫忧沮,形于颜色,王韶曰:"公居此尚尔,况居边徼者乎?愿少安重,以镇物情。"介甫曰:"使公往,能办之乎?"韶曰:"若朝廷应副,何为不能办?"介甫由是始与韶有隙。苏兖云。

李士宁者,蓬州人,自言学多诡数,善为巧发奇中。目不识书,而能口占作诗,颇有才思,而词理迂诞,有类谶语,专以妖妄惑人。周游四方及京师,公卿贵人多重之。人未尝见其经营及有囊橐,而资用常饶,猝有宾客十数,珍馔立具,皆以为有归钱术。王介甫尤信重之,熙宁中,介甫为相,馆士宁于东府且半岁,日与其子弟游。及介甫将出金陵,乃归蓬州。宗室世居者,太祖之孙,颇好文学,结交士大夫,有名称,士宁先亦私入睦亲宅,与之游。士宁以为太祖肇造,宗室子孙当享其祚,会仁宗有赐英宗母仙游县君《挽歌》,微有传后之意,士宁窃其中间四句,易其首尾四句,密言世居当受天命以赠之。世居喜,赂遗甚厚。袁默云。

进士叶適,试补监生第一,介甫爱其新对策。布衣徐禧得洪州进士黄雍所著书,窃其语,上书褒美新法,介甫亦赏其言。皆奏除官,令于中书习学检正。及介甫出知金陵,吉甫荐二人,皆安石素所器重,上召见,適奏对不称旨,上以介甫故,除光禄寺丞、馆阁校勘检正官,月余而卒。禧称旨。禧无学术而口辩,扬眉奋髯,足以移人意。上或问以故事,禧对“此非臣所学”云云,其说皆雍语也。而蔡承禧收得雍草封上之。承禧又言:“禧母及妻皆非良家,禧与其妻先奸后婚,妻恃此淫佚自恣,禧不敢禁。”又言:“禧前居父丧而博,为吏所捕,因亡命诣阙上书。”

郑侠,闽人,进士及第。熙宁七年春,上以旱灾,下诏听吏民直言得失,侠以选人监安上门,上言:“新制,使选人监京城门,民所赍物,无细大皆征之,使贫民愁怨。人主居深宫,或不知之,乃画图并进之。”朝廷以为狂,笑而不问。会王介甫请罢相,上未之许,侠上言:“天旱安石所致,若罢安石,天必雨。”既而介甫出知江宁府,是日雨,侠自以为所言中,于是屡上疏论事,皆不省。是岁冬,侠上书几五千言,极陈时政得失、民间疾苦,且言:“王安石作新法,为民害;吕惠卿朋党奸邪,壅蔽聪明;独冯京时立异与校计。请黜惠卿,进用冯京。”吕吉甫大怒,白上夺侠官,汀州编管。侠贫甚,士大夫及小民多怜之,或有遗之钱米者。上问冯当世:“卿识郑侠乎?”对曰:“臣素不之识。”御史知杂张琥闻之,阴访求当世与侠通交状。或语以当世尝从侠借书画,遗之钱米,琥即劾奏:“京,大臣,与侠交通有迹,而敢面谩,云不识。又侠所言朝廷机密事,侠,选人,何从知之? 必京教告,使之上言。”上以章示当世,实:“对不识,乞下所司辨正。”惠卿乃使其党知制诰邓润甫与御史台同按问,遣选人舒亶乘驿追侠诣台,索其箧笥中文书,悉封上之。舒亶还,特除京官以赏之。台中掠治侠,具疏所与交通者，皆逮系之。僧晓容善相，多出入当世家，亦收系按验。取当世门历，阅视宾客无侠名。侠素师事王雱，而议论尝与雱异，与王安国同非新法，安国亲厚之。侠既上疏，安国索其草视之，侠不与，安国曰："家兄为政，必使天下共怨怒，然后行之。子今言之甚善，然能言之者，子也；能揄扬流布于人者，我也。子必以其草示我。"侠曰："已焚之矣。"侠诣登闻检院上疏，集贤校理丁讽判检院，延坐与啜茶，询其所言，称奖之。讽又尝见当世，语及侠，当世称："侠疏文词甚佳，小臣不易敢尔。"侠既窜逐，前三司副使王克臣与之旧，命其子驸马都尉师约资送之，师约曰："师约姻帝室，不敢与外人交。请具银百两，大人自遗之。"克臣从之。于是台司收安国、讽等鞫之。安国自陈无此语，台司引侠使证之，侠见安国，笑曰："平甫居常自负刚直，议论何所不道。今乃更效小人，欲为诋谰耶？"安国惭惧，即服罪。润甫等亦深探侠狱，多所连引，久系不决。上以其枝蔓，令岁前必令狱具，台官皆不得归家。狱成，惠卿奏侠谤国，欲置之大辟，上曰："侠所言，非为身也，忠诚亦可念，岂宜深罪之？"但移英州编管而已。当世罢政事，以谏议大夫知亳州，王克臣夺一官，丁讽落职，监无为军酒税，王安国追出身以来敕诰，放归田里，晓容勒归本贯，其余吏民有与侠交游及馈送者，皆杖臀二十，远州编管。乃赐诏介甫慰谕，又以安礼权都检正，以慰其心。范尧夫、张次山、王孝先云。

　　三班使臣王永年者，宗室之婿，自南方罢官，押钱纲数千缗诣京师，私用千余缗，求妻家偿之，其妻父叔皮不为偿。三司督之急，永年知叔皮尝于上元夜微步游闾里，乃夜叩东府门告变："叔皮及弟叔敖私诣某者，云已有天命，谋作乱，密造乘舆服御服已具。"敕开封府判官吴几复按验，皆无状，永年引诬，病死狱中，方免叔皮。公弼云。

　　王永年，宗室叔皮之婿也，监金耀门文书库。翰林学士杨绘、待制窦卞皆尝举之。永年盗卖官文书，得钱，费于娼家，畏其妻知之，伪立簿云："买金银若干遗杨内翰，若干遗窦待制。"亦尝买缯帛及酒遗绘、卞及提举司、集贤修撰张刍。绘受之，卞止受其酒，刍俱不受。又尝召绘、卞饮于其家，令县主手掬酒以饮卞、绘。县主以永年盗官文书事白叔皮，叔皮白宗正司，牒按其事，永年夜叩八位门告变，诏吴几复按之。永年告变事今已明白，其盗官文书等事请付三司结绝。既而，三司使沈括奏："事涉两制，请付御史台穷治。"皆奉旨依。知杂御史蔡确奏："幾复不抉摘卞、绘等脏污，避事惜情。"熙宁十年五月，绘责授荆南节度副使，卞落职管勾灵仙观，吴幾复知唐州。上以刍独不受其馈遗，未几，迁谏议大夫、知邓州。李南公、吴辨叔云。

知制诰邓润甫上言："近日群臣专尚告讦，此非国家之美，宜用敦厚之人，以变风俗。"上嘉纳之。寻有中旨，以陈述古为枢密直学士，宋次道为龙图阁直学士。时熙宁八年十二月也。王得臣云。

逸文 据宋刻朱子《五朝三朝名臣言行录》补

　　景祐中，范文正公知开封府，忠亮谠直，言无回避。左右不便，因言公离间大臣，自结朋党，乃落天章阁待制，出知饶州。余靖安道上疏论救，以朋党坐贬。尹洙师鲁上言靖与仲淹交浅，臣于仲淹义兼师友，当从坐贬，监郓州税。欧阳修永叔贻书责司谏高若讷不能辨其非辜，若讷大怒，缴奏其书，降授夷陵县令。永叔复与师鲁书云："五六十年来此辈沉默畏慎，布在世间。忽见吾辈作此事，下至灶间老婢亦相惊怪。"时蔡襄君谟为《四贤一不肖》诗以歌之。

　　王仁瞻自剑南独先归阙乞见，历数王全斌等贪纵之状。太祖笑谓仁瞻曰："纳李廷珪妓，擅开丰德库金宝，此又谁邪？"仁瞻惶怖，叩伏待罪曰："此行清介畏谨，但止有曹彬一人尔。"

　　范文正公守邠州，暇日帅僚属登楼置酒。未举觞见衰绖数人营理丧具者，公亟令询之，乃寄居士人卒于邠，将出殡近郊，赗敛棺椁皆所未具。公怃然，即彻宴席，厚赒给之，使毕其事。坐客感叹，有泣下者。

　　王魏公与杨文公大年友善。疾笃，延大年于卧内，托草遗奏，言忝为宰相，不可以将尽之言，为宗亲求官，止叙生平遭遇之意。表上，真宗叹惜之。遽遣就第取子弟名数录进。

　　景德中，朝廷始与北虏通好，诏遣使将以北朝呼之。王沂公以为太重，请止称契丹本号可也。真宗激赏再三，朝论韪之。

　　祥符中，王沂公奉使契丹，馆伴邢祥颇肆谈辨，深自衒鬻，且矜新赐铁券。公曰："铁券盖勋臣有功高不赏之惧，赐之以安反侧耳。何为辄及亲贤？"祥大沮失。

　　景祐末，西鄙用兵，大将刘平死之，议者以朝廷委宦者监军，主帅节制有不得专者，故平失利。诏诛监军黄德和。或请罢诸帅监军，仁宗以问宰臣吕文靖公。公曰："不必罢，但择谨厚者为之。"仁宗委公择之，对曰："臣待罪宰相，不当与中贵私交，何由知其贤否。愿诏都知押班保举，有不称职者与同罪。"仁宗从之。翊日都知叩头乞罢诸监军宦官。士大夫嘉公之有谋。

　　庆历初，仁宗服药，久不视朝，一日圣体康复，思见执政，坐便殿促召二府宰相。吕许公闻命，移刻方赴召。比至，中使数辈促公，同列亦赞公速行，公愈缓辔。既见，上曰："久疾方平，喜与卿等相见，而迟迟其来何也？"公曰："陛下不豫，中外颇忧，一旦闻急召近臣，臣若奔驰以进，虑人心惊动耳。"上以为深得辅臣之体。

历代笔记小说大观总目

汉魏六朝

西京杂记(外五种)　〔汉〕刘歆 等撰　王根林 校点

博物志(外七种)　〔晋〕张华 等撰　王根林 等校点

拾遗记(外三种)　〔前秦〕王嘉 等撰　王根林 等校点

搜神记·搜神后记　〔晋〕干宝 陶潜 撰　曹光甫 王根林 校点

世说新语　〔南朝宋〕刘义庆 撰　〔梁〕刘孝标注　王根林 标点

唐五代

朝野金载·云溪友议　〔唐〕张鷟 范摅 撰　恒鹤 阳羡生 校点

教坊记(外七种)　〔唐〕崔令钦 等撰　曹中孚 等校点

大唐新语(外五种)　〔唐〕刘肃 等撰　恒鹤 等校点

玄怪录·续玄怪录　〔唐〕牛僧孺 李复言 撰　田松青 校点

次柳氏旧闻(外七种)　〔唐〕李德裕 等撰　丁如明 等校点

酉阳杂俎　〔唐〕段成式 撰　曹中孚 校点

宣室志·裴铏传奇　〔唐〕张读 裴铏 撰　萧逸 田松青 校点

唐摭言　〔五代〕王定保 撰　阳羡生 校点

开元天宝遗事(外七种)　〔五代〕王仁裕 等撰　丁如明 等校点

北梦琐言　〔五代〕孙光宪 撰　林艾园 校点

宋元

清异录·江淮异人录　〔宋〕陶榖 吴淑 撰　孔一 校点

稽神录·睽车志　〔宋〕徐铉 郭彖 撰　傅成 李梦生 校点

困学纪闻 ［宋］王应麟 撰　栾保群 田松青 校点

齐东野语 ［宋］周密 撰　黄益元 校点

癸辛杂识 ［宋］周密 撰　王根林 校点

归潜志·乐郊私语 ［金］刘祁 ［元］姚桐寿 撰　黄益元 李梦生 校点

山居新语·至正直记 ［元］杨瑀 孔齐 撰　李梦生 庄葳 郭群一 校点

南村辍耕录 ［元］陶宗仪 撰　李梦生 校点

明代

草木子(外三种) ［明］叶子奇 等撰　吴东昆 等校点

双槐岁钞 ［明］黄瑜 撰　王岚 校点

菽园杂记 ［明］陆容 撰　李健莉 校点

庚巳编·今言类编 ［明］陆粲 郑晓 撰　马镛 杨晓波 校点

四友斋丛说 ［明］何良俊 撰　李剑雄 校点

客座赘语 ［明］顾起元 撰　孔一 校点

五杂组 ［明］谢肇淛 撰　傅成 校点

万历野获编 ［明］沈德符 撰　杨万里 校点

涌幢小品 ［明］朱国祯 撰　王根林 校点

清代

筠廊偶笔 二笔·在园杂志 ［清］宋荦 刘廷玑 撰　蒋文仙 吴法源 校点

虞初新志 ［清］张潮 辑　王根林 校点

坚瓠集 ［清］褚人获 辑撰　李梦生 校点

柳南随笔 续笔 ［清］王应奎 撰　以柔 校点

子不语 ［清］袁枚 撰　申孟 甘林 校点

阅微草堂笔记 ［清］纪昀 撰　汪贤度 校点

茶余客话 ［清］阮葵生 撰　李保民 校点